Zibaldone della fine del mondo

Pedro Becchi

Pedro Becchi

A tutte le nonne

Indice

Proemio

Zibaldone della fine del mondo..4

Prima parte

Voi che leggete...5
De Romana Eloquentia..9
Gli uffici..19
Il milione...25
Una voce antica...35

Seconda parte

Sotto il monumento di Dante..40
Figliuola di Roma..41
La morte di Venere..46
Cantai, or piango...51
I passeri solitari...53
Gnocco fritto...56
Una parola...64
Gradini..68
A Edith..71
Una voce nuova..73

Terza parte

Trucco...76
La cognizione del dolore..78
Bancomat..80
L'innominato...82

Vuelvo al sur...85

Il Vittorio Furioso..88

Calamità..91

Roma nun fa la stupida stasera..96

La coscienza di Pietro..99

Una voce possibile...102

Scendere giù...105

Finale
Oda alla Lunfardia...101

Pedro Becchi

Proemio allo zibaldone della fine del mondo

Ti trovo pensieroso, distante e taciturno
quando cammini per le strade
di questo affannoso, vibrante e notturno
luogo della sponda che cade.

Ultimo bastione del sole prima della neve,
patria della pioggia,
basso altrove che duole, autore della vita breve
che da quel tristo dì ti alloggia.

Troppo vilmente ingialliscono i ritratti
di un passato gioioso,
dove io sovente persi quanti miei tratti
e ora in parte mi poso.

Uno zibaldone respira, mi chiede disperato
prima o poi vorrei essere scritto,
vorrei dir che gira una voce, un respiro, un fiato
di musica in un mondo afflitto.

I vostri abbracci e baci intensi,
le lune che vedemmo.
Nei vostri bracci, nei cieli immensi,
lì restai, dove un dì sedemmo.

Prima parte: la voce antica

Voi che leggete

Vista dall'alto l'Italia sembra breve, esigua, quasi minuta. La linea tra terra e acqua è nitida persino di notte, quando gli aerei emergono dall'oscurità per atterrare; l'acqua pare sterminata e chiara, la terra invece minuscola e finita. Mi ha sempre colpito l'inattesa picolezza dell'Italia.

Il paese è in netto contrasto con Fiumicino, che avrebbe stupito persino i romani imperiali. Lo è decisamente rispetto alla densità materiale del territorio; non c'è città che non si sviluppi tentacolarmente verso tutte le direzioni spaziali e temporali. Qui pranzava Da Vinci. Qua, nel 569, i longobardi si fermarono a comprare tabacco. Questa casa vide nascere le poesie di Petrarca; questa capanna è l'unica che non è stata bruciata nel ratto delle donne sabine; quel sasso lanciò iracundo Leopardi quando seppe del matrimonio di Aspasia. Tutte le città, tutti gli angoli e persino le piccole finestre si sentono parte centrale della storia maestosa dei gloriosi avi della Santa Croce.

Quando ero un bambino, avrei detto che l'Italia era dieci volte più estesa del mio paese, giacché dalla bocca di mio padre e mia nonna le sempiterne storie facevano pensare a un infinito e immaginario contenitore di sapori e idee. E invece, l'Italia è piccolissima.

L'Italia era Il Milione; Bologna era la città dei piatti, con strade piene di carne, carota e cipolla, Modena la città delle bestie automobilistiche che mio padre fotografava, mentre la città sperduta e immaginaria dell'eroe epico-popolare Diego Maradona era Napoli, con più bandiere che persone. Sembrava più remota e più grande della Russia. E invece no; nel decorso di un giorno, forse due, è possibile attraversare l'asse Lampedusa-Bolzano.

Un paradosso rispetto al rapporto terra-storia: non basterebbero tre vite per scoprire a fondo anche la più piccola frazione d'Italia, che fiorisce dall'antico seme musicale lasciato dai nostri illustri antenati.

Vista dalla terra l'Italia è grande e umana. Non solo; ode di familiarità. Cammino per le strade di Roma e penso; quello lì potrebbe essere il macellaio che lavora sotto casa, quella là si chiama Camilla ed è andata a scuola con me, quel signore là in fondo è il nonno del mio amico Francisco, che ci accompagnava a giocare a calcio e ci comprava le granite.

Le facce si ripetono con precisione magistrale, come fossero copie, e finché non parlano, non so dire se sono dei 'miei' o no. Stesso sguardo, stessa energia vitale. È difficile distinguere se chi cammina qui potrebbe essere un vicino di casa del profondo Sud o no, anzi, è impossibile determinarlo.

Il menefreghismo, però, è il primo cittadino; gli italiani sono immuni allo sbalordire. Secoli fa è stato scelto sindaco; governa quasi tutto e quasi tutti. Marino ha dovuto cercare lavoro a Parigi, perché qui, di meraviglia, si muore di fame. Come si fa a meravigliare un uomo che può vedere le colonne delle gallerie che i nostri gloriosi avi fecero dalla comodità del proprio balcone? Come si fa a meravigliare un uomo che ogni volta che mastica un bocconcino vede entrare nella propria bocca l'ultimo rappresentante di uno storico devenir? Che meraviglia possiamo offrire all'uomo che si bagna nelle acque che osò attraversare Giulio Cesare con le proprie turbe e schiere? Possibilmente, nessuna. Per noi il Caffè Tanzi è quello che c'è di fronte al Colosseo; per loro il Colosseo è il monumento che sta vicino al Caffè Tanzi.

Le opinioni degli stranieri sul loro patrimonio sono irrilevanti. Qualsiasi parere, giudizio o ipotesi non ha peso reale: per ragioni politiche si finge di ascoltare, ma le parole svaniscono nell'aria. Del resto, gli illustri occupanti delle tombe di Santa Croce hanno dominato il dono della parola con tale maestria che nulla di nuovo si può dire sull'Italia.

L'eccezionale densità di meraviglia antica, medievale, rinascimentale, barocca e risorgimentale per metro quadro rende gli italiani particolarmente nostalgici; sempre si stava meglio prima, sempre ci siamo smarriti e siamo direzionati alla rovina, sempre le cose funzionano meglio da altre parti.

Appunto; guardate ciò che facevano i nostri predecessori mille anni fa, cinquecento anni fa, cent'anni fa, settanta anni fa. Ora, invece, il Comune non sistema il pavimento rotto da due anni. Per fare una qualsiasi procedura comunale ci metti sei mesi. I treni sono sempre in ritardo. I difetti sono nostri, i pregi sono altrui. La virtù è patrimonio degli uomini con cognome di nome di strada. La vergogna si compra e si vende, la letteratura dei grandi ha come primo mobile l'obbrobrio, le opere magne nascondono storie di profonda corruzione. L'esistenza di Suburra è condizione *sine qua non* per la conquista della Gallia.

Nonostante ciò, gli italiani hanno un amore innato per il campanile. La città, la contrada, la strada, il palazzo, l'appartamento, il campanile. Anche per questo perdono le forze quando si devono allontanare. Dante si smarrì solo quando fu cacciato dalla sua nobilissima e figliuola di Roma città di Fiorenza. Sicuramente, arrivato a Ravenna avrà detto "Bella, ma non ci vivrei".

Se si sa ascoltare dietro le chiacchiere dei turisti tedeschi e il rumore delle camere fotografiche cinesi, un'antica voce parla dappertutto e attraverso tutti. Non mi era mai successo di sentire che sempre qualcuno parla o, meglio, che qualcosa parla. O che non parla, ma si fa capire. Gli italiani non sono consapevoli. Non del tutto, almeno. Soltanto in mancanza di quell'originario rumore si sa di essere silenti; gli italiani fuori casa devono per forza riprodurre le condizioni della propria patria, spesso cercando in maniera inconscia la restituzione di quella voce. Una voce che trasluce rara pei balconi, come diceva Leopardi. Che straccia le mura delle antiche città. Una voce che si lega a ciascuno di noi.

Con la sola consapevolezza di questa sottile verità, possiamo comprendere la portata titanica e prometeica dell'ondata di italiani che, tra Ottocento e Novecento, abbandonarono il paese, lasciando dietro di sé, con malinconia e rassegnazione, la musica del proprio tempo.

...

A questo paese arrivai d'inverno e non me ne andai mai più. Era febbraio, faceva un freddo della Madonna. Mi risulta che mai me ne andai perché colui che sei mesi dopo dovette tornare in patria non era più la persona che vide l'Italia piccola dal cielo; non seppi andarmene. Non so andarmene, né saprò farlo se un giorno Dio deciderà di riportarmi tra le strade senesi.

Ora, dalla gigantopoli del sud, quaggiù dove i pinguini d'inverno indossano le sciarpette, mi restano solo queste pagine e qualche foto che, eventualmente, diventerà gialla.

I giorni passano, la vita continua, le strade guardano immobili il sorgere delle nostre rughe. Il mare del sud che bagna la nostra infinita siepe, la pianura, il cielo viola dell'inverno australe. Tutto l'affresco di Dio riposa mentre camminiamo. Cerco la mano di lei con la mia mano, lei mi guarda. Mi sorride. Mi fa una coccola. Me lo chiede anche se già sa la risposta: ma sei già tornato?

Scusami, amore, non so come tornare. Qualcosa di me è rimasta là.

...

Miguel Hernandez una volta disse; non cesserà mai questo tuono che mi abita?

Voi che leggete, eventualmente, lo potrete capire.

In righe sparse, vi spiegherò perché non posso tornare.

De Romana Eloquentia

— Uè, bello! Vuoi conoscere il Colosseo?

— No, no. Grazie.

— Italiano?

— Sì, sì.

— Ma sei troppo abbronzato!

— Eh, beh, anche tu!

La mia compagna mi diede una pacca sulla spalla. "Pietro!". La mia risposta, però, non aveva infastidito per nulla quel ragazzo senegalese. Cercava di vendermi un escursione che noi avevamo già fatto. Sorrideva e faceva un gesto con le mani come dicendo "Sei stato veloce, hai vinto questa volta".

Ero molto abbronzato, e a volte mi chiedevano se fossi siciliano. Usavo sempre una coppola regalata da mio fratello, per approfondire la percezione meridionalizzante. A casa era ancora estate, e solo sei giorni prima mi rilassavo guardando l'immenso Atlantico del Sud.

Come faccio a spiegare che discendo da piemontesi e parmigiani se, quando non ho né la coppola né la polo, tranquillamente potrei essere uno di quegli attori di sottofondo dei video musicali centroamericani che stanno sempre annuendo e riaffermando il testo principale, adornati da numerose catene e assurdi cappelli?

A Roma avevo un obiettivo nascosto, misterioso e assurdo: volevo parlare l'italiano il più possibile. Volevo conoscere la parlata romana, ma anche quella abruzzese, campana, salentina. Volevo mettere alla prova le mie *skills* in italiano. Ho conosciuto tantissimi italiani nel breve decorso della vita, naturalmente. Ma un conto diverso è vederli nel proprio *habitat*. Avevo la curiosità dell'uomo che torna in patria dopo un'eternità, la curiosità dell'antropologo di casa, dello storico di poltrona.

Il primo giorno, quindi, fu una scelta sbagliata; nel Colosseo e dintorni gli italiani sono una specie in via d'estinzione. Fuggirono, urtati da migliaia e migliaia di bionde di tutù con camere fotografiche costosissime, da tonnellate di cinesi che camminano con magistrale sincronia, dall'alluvione zoologica generale che ora governa le stradicciole millenarie del Foro Romano. Mentre immaginavo antiche battaglie tra schiavi e gladiatori, la mia compagna scherzava: "Qui ha fatto un concerto Lizzie McGuire".

Il Colosseo è sbalorditivo, ma non per i motivi che credono gli storici. A me non sbalordisce né la sproporzionata misura né la quantità assurda di possibili spettatori che ci potrebbero stare dentro. No, niente di tutto ciò. Mi inquieta l'innaturale normalità dell'Anfiteatro; dista solo di qualche centinaia di metri dai palazzi abitati, ha una fermata della metro a pochissimi passi, è nel mezzo del cammin di ogni romano che deve andare a lavorare.

Carlo Collodi scrisse un racconto memorabile su questo; il Colosseo fu scambiato per la Torre Eiffel per un periodo di mesi, e i romani non si erano mai accorti. È un'ipotesi del tutto plausibile; l'Anfiteatro Flavio è talmente integrato al paesaggio romano che sparirebbe come lo fanno i bidoni della spazzatura, come lo fanno i gatti, come lo fanno le coppie che guardano il tramonto sulle terrazze. L'elemento surrealista non era la sparizione del Colosseo, tanto meno lo era il menefreghismo. L'unico elemento inverosimile del racconto era il buon rapporto che aveva il sindaco romano con la Francia.

...

Era il secondo giorno nella città eterna, e non me l'ero ancora cavato ad avere un'intera conversazione in italiano. Guardavo il cielo cercando i gloriosi avi nostri. Desideravo solo quel regalo. Io ci provavo, volevo capire se dopo anni di pratica accumulata avrei mostrato evidenti difetti.

Ma no; all'aeroporto ci parlavano in spagnolo, e non so ancora per quale motivazione. Scesi dall'aereo, non appena salimmo sul taxi, il giovane autista ci fece sapere che era un grande fan del cinema del nostro paese. Naturalmente, come può essere dedotto in questi casi, aveva avuto una morosa argentina. "¿Conocen Trenque Lauquen?". Per capirci, e come se un italiano andasse all'estero, particolarmente all'altro angolo del pianeta, e qualcuno gli chiedesse in perfetto italiano "Conosci Sant'Angelo in Vado?".

Arrivati in albergo, ci trovammo davanti a una folla incredibile. Dopo un breve scambio con il receptionist (la mia compagna cercava di trascinarmi in camera, convinta che la mia voglia di parlare italiano fosse una punizione per gli altri – e probabilmente aveva ragione), mi fermai un momento nella sala conferenze, fingendo di leggere i volantini sparsi sul tavolo.

Camminavo con lo sguardo assente, ascoltando i suoni intorno a me, finché mi resi conto che tutta quella folla era spagnola, dal primo all'ultimo.

Non mi malintendete; amo la mia lingua natia. Ma ero venuto a recuperare la mia italianità, e da un certo punto di vista ero anche venuto a costruirla. Tornai in camera; la mia compagna rideva, mentre metteva a posto le sue cose sul letto.

Quel giorno camminammo tantissimo, il nostro albergo distava di qualche metro dalla città vaticana. In primis andammo a fare colazione in centro, dopodiché visitammo il giardino Borghese. Anche se non era la cosa più comoda da fare, tornavamo sempre passando un attimo per le porte di San Pietro. Una stradicciola governata da una salita strepitosa ci trasportava dal Castello fino alle porte. Quando eravamo in grado di riveder le stelle tra le mura, sapevamo di essere arrivati all'angolo dell'albergo.

San Pietro è una visione straordinaria. Immagino Dio scendere dai cieli immensi, passeggiare per le strade della Città Proibita, respirare l'aria sacra della piazza, ammirare i dipinti, gli affreschi e le cupole. Se sapesse che tutto ciò è a Lui dedicato, chissà che cosa penserebbe.

Forse si sentirebbe sminuito, e avrebbe in parte ragione. Come essere carnale nella città eterna, selvaggia, brutale e politica, non sarebbe nemmeno in grado di diventare chierico e resterebbe fuori dalle mura della città bianca, mentre all'interno si discute il prossimo suo interlocutore.

Fortunatamente, Dio fluttua sopra i cieli tolemaici e non si chiede cosa succede laggiù.

…

La terza giornata a Roma chiesi mia cugina se conoscesse un bel posto per mangiare la carbonara. La mia compagna aveva solo assaggiato quella che faccio io a casa, caratterizzata da una fondamentale mancanza di guanciale. Io sapevo che i posti con i mantelli a righe sono una trappola, un vero insulto al rapporto prezzo-qualità.

Quando ci diede il nome del posticino io esultai; guarda, amore, è proprio italianissimo! In questo posto, se ci metti la panna, ti ammazzano di botte. Arrivammo e la gentilissima signora che ci assisté, sentendo la cadenza spagnoleggiante del nostro parlato, ci chiese: -Ma, per caso, siete argentini?- E, dopo che io ebbi annuito, aggiunse: — Ho vissuto tutta la mia infanzia a Buenos Aires! I quartieri, lo stadio, la musica… Vi dispiace se parliamo lo spagnolo? Mi manca veramente tanto…— La mia compagna mi diede un calcio sotto il tavolo mentre rispondeva un "Per niente!" euforico.

"Pietro, se provi a parlare in italiano con questa signora io ti giuro che mi alzo e ti lascio mangiando da solo". Io ridacchiavo a bocca chiusa e ogni tanto guardavo la finestra. Nel tavolo accanto si parlava il francese, in quello più lontano il tedesco.

Mangiammo molto bene, l'amabilissima signora ci fece uno sconto, e ci indirizzammo verso l'albergo. Per fortuna avevo gli spicci in tasca; mentre tornavamo azzeccammo la strada che si angola con la Fontana di Trevi.

Non potevo gettare pesos; gli dèi conoscono i tipi di cambio e le valute estere. Un euro sono mille trecento pesos; fra casa e l'Italia ci sono tredici mila chilometri. Se io getto la monetina di un peso, la Fortuna mi porterà solo a dieci chilometri da casa. Nel raggio di dieci chilometri è trascorsa la mia vita; casa mia è nel centro esatto della città e vorrebbe dire che non mi aspettano nuove avventure per il resto dei miei giorni mortali. Minimamente dovrei gettare un euro per garantire il ritorno e coprire la totalità dei tredicimila chilometri di distanza. Anzi, è meglio se getto due euro, così è garantito il viaggio di ritorno in caso di emergenza.

Chiedemmo a una signora di farci una foto e la poveretta, visibilmente innervosita, ci rispose in un correttissimo inglese che non poteva farlo. La mia ipotesi era che lei avesse visto le pubblicità dei borseggiatori a Roma e fosse in stato d'allerta. Io avevo una tuta sportiva e una bella faccia abbronzata e sudamericana.

Nella brevissima esperienza che ho, i turisti angloamericani sono resistenti a questo tipo di richiesta. Guardano diffidenti, si sentono assediati. -No, I'm sorry.- I turisti del mondo latinoparlante e culturalmente mediterraneo, diversamente, lo danno tutto. — Dammi quel cellulare! Mettiti lì, fai una faccia divertente. Ho preso questo altro tuo profilo, che secondo me ti è più favorevole. Ho scattato ventitré foto, così puoi scegliere. In questa ti vedi benissimo! Secondo me dovresti metterla come foto di profilo. Quest'altra è una foto da mettere sul curriculum. Buona vacanza. Stammi bene. Salutami la mamma. Anche la nonna.— Per fortuna, una signora portoghese (e quindi, estranea all'etica protestante) scattò la foto desiderata.

La Fontana non è altro che una metafora del Mediterraneo; chiare e limpide acque circondate da antiche pietre scolpite, come isole affioranti dalla storia, testimoni silenziosi del passaggio dei secoli. L'acqua che vi scorre, abbondante e irrefrenabile, simboleggia l'anima viva e mutevole delle culture che hanno attraversato il Mediterraneo: un crocevia di popoli, idee e commerci. Le figure mitologiche che adornano la fontana rappresentano il potere incontrollabile del mare, ma anche la sua capacità di collegare mondi lontani.

Ogni getto d'acqua è un ricordo di antiche rotte marittime, ogni riflesso, una storia dimenticata. Se uno prova ad attraversare nuotando la fontana, i futuristi carabinieri che la custodiscono dimostrerebbero che può diventare subitamente un sepolcro, come a volte lo fa il mare che ha partorito i tempi.

...

I giorni passavano in fretta, mentre Roma sembrava resistere.

Dopo sei giorni, ero riuscito solo a sostenere qualche conversazione su questioni pratiche, uno scambio sempre privo di anima. "Salve, ciao, buongiorno, vorrei, posso avere, posso pagare con, lo scontrino, dov'è, a Lei, buona giornata". Tutta la prima lezione che avevo ripetuto mille volte a casa. Se si è sempre al trotto, non si capisce mai se si è capaci di correre davvero. Iniziai a pensare: forse parlo male l'italiano.

In perfetta sincronia con me, il mio cellulare smise di funzionare. Come nel mio caso, si trattava di un problema di adattamento alla corrente elettrica italiana; dovevo comprare un adattatore per poterlo caricare di nuovo. Sapevo che, nei pressi dell'albergo, una via commerciale portava in direzione Trastevere. Non avevo ancora esplorato la zona, così uscii ascoltando musica nelle cuffie, sperando di trovare una buona offerta.

Mentre canticchiavo il tango "Malena", vidi un negozietto dove probabilmente vendevano l'adattatore che cercavo. Entrai, e un giovane di carnagione olivastra mi accolse con un grande sorriso mentre stuzzicava patatine e abbassava la musica. Chiesi il prezzo dell'adattatore, ma l'impiegato non capiva. Provai ancora, senza successo. Passammo allora all'inglese. Ormai avevo capito: era appena arrivato in Italia anche lui.

C'erano varie opzioni: adattatori da quattro, sette, quindici euro. Con luci colorate, in plastica, con sticker di Barbie e altre decorazioni, come succede sempre. A me piacciono gli oggetti che fanno il loro dovere senza fronzoli. Mi rifiutavo decisamente di accettare un adattatore che non fosse di un unico colore, di plastica, e sotto i dieci euro. Mentre spiegavo le mie motivazioni un po' assurde, lui mi guardava attentamente, come se cercasse di cogliere qualcosa nella mia voce. E alla fine lo capì: "Where are you from, sir?"

La domanda mi sorprese, probabilmente perché ero totalmente concentrato a spiegarmi. Il ragazzo mi osservava con un sorriso appena splendente; gli risposi che venivo dall'altra parte del mondo. "Argentina!" esclamò, con uno sguardo che si illuminava. "I'm from Bangladesh! I love Argentina". Mi fece molto piacere sentire il nome del suo paese; sappiamo bene di essere amati da pochissimi posti: mezza Italia, il Perù, una parte dei brasiliani e qualche nazione del sud-est asiatico. Il ragazzo, emozionato, prese subito il telefono esclamando "Wait, wait!". Lo sfondo del cellulare era il nostro passaporto universale, il nostro primo cittadino: Diego. Mi chiese una foto. Non sono mica un calciatore, ma vedendolo così felice, accettai.

Nel suo inglese semplice mi raccontò che suo padre era un grande fan della nostra nazionale e di Diego, che lui stesso amava il calcio e avrebbe voluto giocare, ma le difficoltà economiche lo avevano costretto a emigrare. Sapendo ciò, sorrisi con entusiasmo per la foto. Poi, solo Dio saprà se tutto quello che mi aveva detto fosse vero.

Improvvisamente, l'adattatore non aveva più prezzo. "Portalo," mi disse. Gli risposi che era lì per lavorare e se ero venuto per comprare, dovevo pagarlo. "Non esiste, portalo." Insisteva, e alla fine cedetti. Tutto avvenne in due minuti. Ci abbracciammo. Mi faceva sorridere l'idea di avere una foto con uno sconosciuto, rappresentando la nostra Nazionale.

Con il tempo ho capito che le persone di quelle parti del mondo, che nel nostro paese quasi mai conosciamo, hanno un cuore immenso e una grande generosità. Come noi, hanno un calore umano che ci unisce, e quell'epopea universale che è il calcio ci lega. Agiscono come noi; in termini calcistici.

Camminai per le strade del vecchio Trastevere.

Trastevere è Roma prima di Roma. O, forse, è Roma senza Roma. Qui lo spirito romano vive senza bisogno di grandi costruzioni titaniche. Prima del Sacco del 1527, prima dell'incoronazione di Carlo Magno, prima della proclamazione dell'Impero, prima ancora della lupa, c'era il Trastevere. O forse ciò che esisteva prima di tutto, prima dell'uccisione di Abele e della mela di Eva, aveva deciso di stabilirsi lì per trovarvi un rifugio.

Nel Trastevere c'è un ristorante che incarna la più verace delle tradizioni romane: La Parolaccia. Chi ci prenota un tavolo sa di andare in un luogo dove sarà insultato per tutta la durata del pasto. Almeno così mi hanno raccontato. Lo so grazie a un'amica che mi manda i reel più rilevanti della città. Con i miei amici scherziamo: nessuna novità in quel ristorante. Potrebbe tranquillamente chiamarsi Da Aureliano.

Prima che esistesse la parola, esisteva la parolaccia. Osservo l'inesorabilità del tempo nelle mura delle case, sento gli odori, scorgo i volti preoccupati, il cielo mi bagna il viso. Da lontano qualcuno ascolta i Matia Bazar seduto fuori casa, un caffè in mano. Il pensiero mi assale: non ho alcun dubbio, qui hanno inventato il mondo.

...

Tornando a casa, pensai: forse a Roma non dovrei cercare di ricollegarmi all'Italia, ma al mondo. La mia visita stava per finire; il giorno seguente mi sarei immerso nell'Italia profonda dei pullman e dei treni, diretto verso la mia destinazione per i prossimi mesi: la Toscana.

Un viaggio come quello dovrebbe essere accompagnato da qualche lettura, da qualche gioco. Non ho mai preso in considerazione di farmi accompagnare dal cellulare: sento che facendolo divento ancora più stupido di quanto già non sia, un lusso che probabilmente non posso permettermi in questo mondo. Mi fermai per un attimo a comprare un cruciverba in edicola.

Un uomo basso, vestito con cura e con occhiali spessi, stava aspettando di acquistare la Gazzetta. In bella mostra c'era un giornale che riportava a caratteri grandi una frase esultante accompagnata da una foto della squadra della Roma. Le rughe popolavano il suo viso; le braccia incrociate dietro la schiena trasmettevano una solidità immutabile. Dai dettagli del suo abbigliamento si capiva che era un uomo attento a sé, come spesso sono gli italiani. Barba curata, cappello pulito, probabilmente testimone di mille vicende. Un Lucio Dalla del Centro Italia. Mi guardò e disse:

— Forte la squadra quest'anno.

Io non avevo capito che stesse parlando con me, guardai un secondo nei dintorni per verificare l'esistenza di un qualche suo amico, dopodiché ricambiai il sorriso con un "Infatti, bella squadra". Il signore sorrise con entusiasmo. Seppe in una millesima di secondo che io fossi un suo complice.

Parlammo per due ore. Mi raccontò tutto. La nipotina che studia a Bologna, il nipote che fra qualche mese finisce la scuola e vorrebbe studiare sempre a Roma, il calcio, l'amore sproporzionato per la città. Nell'angolo meno pensato avevo trovato un compagno di merende. Chiedemmo al bar due caffè per parlare; il signore era rimasto solo a casa da qualche mese. Tirai fuori tutto il mio repertorio linguistico. Raccontai che stavo viaggiando e volevo ancora conoscere tutte le strade di ogni comune italiano. Gli fece piacere sapere che, altrove, qualcuno studia la lingua italiana, e mi fece i complimenti.

Gli italiani custodiscono il patrimonio più solido mai costruito da una società e insistono teneramente nella loro incredulità quando uno straniero è interessato agli aspetti della loro vita.

— Quindi Lei pensa di restare qui?

Non lo so, non saprei. Innanzitutto, vorrei parlare con lei almeno altre tremila ore, e sapere se sua nipote riuscirà a discutere la tesi. Vorrei sapere se anche lei ascolta Celentano a casa, così posso percepirlo come uno di noi. Vorrei sapere se anche lei piange di fronte alla bellezza di un gol, e se lei, che è nato a quattordicimila chilometri da casa mia, vede le cose che vedo io e sente le cose che sento io. Mi farebbe piacere scoprire che lei e io siamo potenzialmente simili.

Zibaldone della fine del mondo

Devo sintetizzare, e quindi rispondo che l'unica cosa certa è la morte, che tutte le altre cose sono soltanto ipotesi. L'uomo ridacchia.

— Ma che è? Uno stoico? Ha letto Marco Aurelio?.

Il caffè era finito mezz'ora fa, e il tramonto si avvicinava. Ci salutammo stringendoci le mani.

— Mi raccomando, stia bene. E torni a Roma. Tanto è sempre qui.

Quando arrivai a casa, mi aspettava la solita domanda in questi casi. Ero sparito per quasi quattro ore, e l'ultima notizia che avevano di me era che volevo comprare un adattatore. Ero rimasto senza batteria e avevo dovuto memorizzare la strada da prendere prima di partire per il Trastevere. Me ne ero andato all'ora della merenda e tornavo nel pieno del tramonto.

— Pietro, dove sei stato?

— A Roma, sono stato a Roma.- risposi.

Gli uffici

In Italia, la rivoluzione è impossibile, e non per mancanza di passione o di fervore anticapitalista, che spesso infiamma le menti dei giovani universitari. La rivoluzione non dovrebbe solo abbattere un sistema politico, modificare i rapporti di produzione o infliggere dure pene alle classi dominanti. O meglio: se volesse farlo, dovrebbe prima affrontare un nemico più subdolo, più robusto e pericoloso di qualsiasi altro: la burocrazia.

Il giorno in cui gli italiani proveranno a fare una rivoluzione, prenoteranno diligentemente l'appuntamento al Comune e attenderanno il timbro del pubblico funzionario, che probabilmente respingerà la richiesta con alcune modifiche e un elenco di documenti integrativi non presenti sul portale ufficiale. E, seguendo questa logica, i rivoluzionari dovranno rinunciare persino al fascino delle divise, che, come spesso accade, arriveranno solo a rivoluzione finita.

...

Gentilissimo signor Russo;

Ci dispiace annunciarLe che il tempo per effettuare la richiesta rivoluzionaria è esaurito. Dovrà presentare un nuovo modulo nella prossima data fissata, che è il 23 ottobre 2027 alle 11.15 ore (alle 11.30 abbiamo un'altra prenotazione).

In allegato, i documenti riguardanti la richiesta di armi per gli operai del paese. Si affretti a sequestrare il Ministro di Economia, che il 26 ottobre 2027 finisce il proprio mandato.

Le ricordo, inoltre, che l'approvazione del Suo budget per il trasporto delle truppe rosse non spetta al nostro ufficio, e quindi dovrà rivolgersi al Segretario regionale. La mail che c'è sul sito non è aggiornata, e occorre chiedere le credenziali ufficiali per comunicarsi.

Cordiali saluti

Dott. Bianchi

Sottosegretario della segretaria di coordinazione di segretarie regionali dell'Ufficio Nazionale di Coordinazione di Segretarie (dipendente dal Ministero Nazionale dell'Interno)

...

Non sono mai stato in grado di capire se l'Italia funziona grazie al sistema statale o nonostante il sistema statale. A casa mi avevano detto che, arrivato in Italia, avrei dovuto chiedere il rimpatrio. Qualche anno fa si doveva fare. Non è richiesto se si fanno brevi soggiorni in Italia, ma lo è quando si intende vivere un periodo della propria vita.

Essendo nato altrove ma anagrafato all'estero come italiano, bisogna, in teoria, comunicare allo stato che sono rientrato (entrato) nel Bel Paese. Neanche noi del mondo australe siamo entusiasti delle pubbliche procedure e le code lunghissime in uffici sotterranei. Quando arrivai a Roma andai in questura, con appuntamento già prenotato, naturalmente.

— Salve, buongiorno.

— Buongiorno, mi dica.

— Devo fare il rimpatrio.

— Il che?

— Il rimpatrio.

— Mai sentito.

— E che devo fare?

— Non saprei dire.

Spiego cortesemente la situazione e quanto mi era stato detto.

— Capisco. Ma Lei resterà a Roma?- il poliziotto chiudeva leggermente gli occhi quando mi parlava.

— No, mi dirigo verso Siena.

— Allora lo faccia lì.- disse, facendo un gesto con le mani.

— Non sarebbe più comodo lasciare il tema risolto qui?

— E io che dovrei fare?

— Capito, la ringrazio. Buona giornata.

Uscii dalla questura confuso, pensando che forse si trattasse di una nuova procedura e che il gentilissimo impiegato che mi aveva assistito non avesse ancora avuto occasione di conoscerla. Appena arrivato alla superba Siena prenotai un appuntamento, questa volta per andare all'ufficio passaporti. Convivendo quotidianamente con la documentazione di entrata al paese e la regione saranno più consapevoli, pensai. Di fronte al maestoso Duomo di Siena, che non ha niente da invidiare agli altri duomi sparsi sul territorio, si apre su una stradicciola un ufficio di breve superficie.

Arrivai con diversi documenti in mano, abituato alle tipiche procedure del mondo universitario. Documento, passaporto, lettera di invito dell'università, copia del biglietto Buenos Aires-Roma, indirizzo, residenza, attestato di frequentazione del corso di pittura della mia città, recapiti del capotreno che c'era quando sono arrivato alla stazione, proprio tutto. Se avessi anche avuto una foto di mio fratello l'avrei portata.

— Buongiorno.— dissi, sistemando l'irregolarità dei documenti con un colpo leggero sul tavolo.

— Signor Pietro B****, giusto? Mi dica.

— Devo fare il rimpatrio.

Il giovane ufficiale si inchinò avvicinandosi al vetro che funge di naturale protezione contro la voce degli ignavi che devono fare procedure di tutti i tipi.

— Rimpianto?

— Rimpatrio.— Ma, pensai, se continua così, dovrei avere anche qualche rimpianto.

— E che cosa sarebbe?— disse, aumentando sempre il volume della voce.

— Devo annunciare che sono sul territorio italiano.

Si fece una pausa di scarsi ma sufficienti secondi.

— Ma Lei aspetta la decisione di un giudice?— domandò, mentre faceva finta di cercare qualcosa tra i documenti sulla scrivania.

— Che? No, no. Sono anagrafato all'estero.

— E qual è il problema?

— Non lo so, veramente. A me hanno detto di fare il rimpatrio.

— Qui ci occupiamo di passaporti, forse Lei dovrebbe andare in Ufficio Immigrazioni. Vicino alla porta San Marco.

— Mi faccia capire... è lontano?

— Saranno una decina di minuti.— aggiunse un'altra ufficiale che aveva ascoltato l'intera *curda*.

Cominciò la classica spiegazione all'italiana: sono dieci minuti di camminata signore, deve andare sempre dritto finché non trova una piazzetta, a quel punto giri a sinistra e, quando vede una finestra di colore rubino, deve girare ancora una volta a sinistra e uscire da una por... Grazie! Gentilissima. Meno male che esiste Google Maps.

Mentre uscivo il vocio mischiava intenzioni di uscire a prendere un caffè con il chiamato del prossimo ignavo. Camminai per una decina di minuti, impressionato dalla precisione cronologica di quella giovanissima, come tutte, ufficiale.

Mi annunciai allo sportello, senza successo. Signore, mi raccomando, se non ha l'appuntamento deve aspettare fino alla fine. Fino alla fine di che? Dei tempi? Fuori dall'ufficio un'alluvione di gente aspettava, ognuno con la propria raccolta di documenti in mano.

Speravo veramente di trovare un altro latinoamericano per parlare di calcio, ma successe qualcosa di più bello. Una bimba mi si avvicinò per giocare con la sua bambola. Nata proprio mo, di non più di settanta centimetri. Occhi chiari come il chiaro albeggiare. Dietro c'era il padre. Due metri, occhi chiari come la chiara notte. Mi raccontò che era arrivato in Italia quindici anni prima, dal Kosovo. A Bologna sono gentili, secondo lui, e anche a Siena. Più a nord ti trattano male, disse pensieroso. A sud non si rendono nemmeno conto del fatto che uno è straniero. Parliamo di calcio, dell'Argentina.

"Io feci la guerra", mi disse. Ci credo. Non ho nemmeno un'ombra di dubbio. Non dal nulla si raggiunge quello sguardo. "Nessuno dei potenti vuole che questo sia conosciuto, ma hanno trovato degli antichi documenti scolpiti sui sassi di un antico scavo archeologico fuori dal Kosovo. E sono scritti in lingua nostra, albanese. E sono anteriori agli slavi, anteriori di moltissimo tempo". Io ascolto pazientemente, non c'è storia più bella da ascoltare che quella partorita dal dolore. Ho studiato storia all'università e capisco che siano delle tematiche sensibili. Mi impressiona il livello di idoneità linguistica, la forma elegante che trova per raccontare le cose. Un altro albanese che ascoltava la storia ci giunse per raccontarci che, a casa, aveva studiato l'italiano, prima di venire. Secondo lui, l'Italia dovrebbe aiutare l'Albania. L'Italia per loro è vicinissima, e ci tengono veramente tanto. Alcuni arrivano per poi tornare in patria, altri scelgono quotidianamente il Bel Paese. Ad una certa, la burocrazia che a me fa ridere, forse perché dietro di me c'è un posto dove campare, a loro fa piangere. Quando voglio rendermi conto, sono passate quattro ore. I miei neoamici sono già usciti con documenti in mano, mi salutano augurandomi buona fortuna e mi dicono che presto ci vedremo. Una cascata di Kovalev, Abdallah e Alexandrescu sono chiamati saltuariamente per portare avanti i propri appuntamenti.

Quando fuoriuscivano da me le prime radici prodotte dallo stato di decomposizione fisica, mi chiamarono per passare. Erano rimasti solo due ufficiali dentro la questura. Uno di loro mi aveva inviato a fare la fila fuori con cattive maniere, probabilmente esacerbato dall'estenuante lavoro giornaliero. L'altro era giovanissimo e guardava il suo computer molto concentrato.

— Salve, buonasera.

— Buonasera signore, mi dica pure.

— Sono venuto perché mi hanno inviato dall'altro ufficio. Devo fare il rimpatrio, sono anagrafato all'estero e corrisponde informare il rientro in Italia.— a questo punto io riproducevo le solite parole a memoria.

— Non capisco.

— Forse sto sbagliando, ma prima di partire mi chiesero di fare il rimpatrio. Sono venuto a studiare per un periodo di qualche mese, non ho mai vissuto in Italia.

— Ma Lei deve fare il rientro?

— Forse si chiama così.

— Quello si faceva ai tempi del COVID. Si doveva compilare un modulo. Oramai non è più richiesto.

— Capisco… Non è la procedura che intendevo, ma non si preoccupi. Buona giornata. — un po' mi ero arreso.

Mentre uscivo, l'altro poliziotto mi chiamò. "Aspetti!"

— Mi dica.

— Stavo cercando qualche indicazione sul sito. La procedura che Lei intende fare non è più richiesta. Anzi, quando Lei ha appoggiato il passaporto sul lettore dell'aeroporto l'ha già fatto. Lei è italiano!- disse sorridendo.

Penso che lui abbia capito il mio mortale percorso nel labirintico sistema di uffici burocratici dello stato profondo italiano.

Lo guardai cercando di decifrare le parole, mi sembrava assurdo aver parlato con una decina di persone e che nessuna di esse fosse stata in grado di fare una ricerca del genere. Ringraziai ripetutamente, augurando una buona giornata. Dietro di me, la porta era già chiusa.

Il poliziotto si alzò, aprì la porta e mi stese la mano sorridendo:

— Benvenuto in Italia, signore.

Il milione

Una delle mie attività preferite è cercare di capire se gli altri credono, dal mio accento, che io sia italiano. Ci sono giorni e giorni: quando sono mentalmente sveglio, riesco a pronunciare in modo abbastanza accurato ogni fonema del repertorio linguistico italiano. Altri giorni mi sento come Cocolicchio, la nostra maschera carnevalesca dell'emisfero sud.

La cosa si fa curiosa: le persone del Sud mi considerano sempre un settentrionale, e in effetti è relativamente vero che ho la tendenza a non pronunciare tutte le geminate e a canterellare la fine di ogni parola. Quelle del Nord, invece, spesso mi associano alla regione che meno gradiscono, percependomi né troppo vicino né troppo lontano; infine, chi è del Centro-Nord capisce subito che sono nato altrove e che non ho mai abitato in Italia, percependolo soprattutto dai fenomeni vocalici, che loro distinguono, secondo il canone, in timbri aperti e chiusi.

Curiosamente, è un esercizio che ripeto spesso: quando cerco di identificare gli accenti italiani, riesco a distinguere con precisione quelli meridionali e settentrionali, ma fatico a riconoscere quelli della zona linguistica centrale, che nella mia testa resta un'area indefinita. Ascolto e imparo; pian piano riempio il mio zibaldone con tutte le informazioni rilevanti.

Questo esercizio mi permette di valorizzare anche i difetti inevitabili. La questione è che, se vengo identificato come un italiano, le domande sono poche e prevedibili. Ma se risulto come un sudamericano, divento Marco Polo.

...

Il Sudamerica è popolato da città invisibili, che nessuno saprebbe nominare ma che tutti conoscono perfettamente. Qui non accade mai nulla di nuovo; sappiamo già cosa c'è da vedere in Sudamerica. Le nostre città non sono reali, sono immaginarie. Nessuno ha mai visto una mappa autentica; le mappe sono state disegnate dal potente apparato culturale e televisivo, alimentato dalle dicerie globali. La famiglia Polo dipinse un quadro di mondi oltre il mondo basandosi sui racconti di mercanti e commercianti; la Rai, Hollywood e Netflix hanno edificato il loro Milione sudamericano.

Dire che il Sudamerica è popolato da città immaginarie non è del tutto errato. Gli europei portarono con sé alcuni libri, e l'opera di Marco Polo era tra i più importanti delle loro biblioteche. Lasciarono volare l'immaginazione quando la videro per la prima volta, e non smisero mai di inventare nel pensare a questa regione: l'Amazzonia, città piene d'oro, fiumi d'argento.

La baia di Samborombón è una vasta formazione geografica che disegna la costa orientale della provincia di Buenos Aires. È un mezzo cerchio lambito dall'Atlantico, circondato da una fitta rete di paesini balneari, meta degli argentini nei mesi di dicembre e gennaio. Marco Polo parlava di un'isola leggendaria, l'isola di San Brandano, persa chissà dove nell'immenso oceano, caratterizzata da una forma tondeggiante. Gli antichi credevano che l'isola di San Brandano si fosse separata dal continente americano proprio nella zona dell'attuale baia, la quale, attraverso un processo di deformazione linguistica, è diventata "Samborombón." *La inaccesible, la non trubada.* Se si perse da qualche parte, è lecito pensare che lo fece alla fine del mondo.

Lo stesso discorso vale per la Patagonia, la regione più inospitale e remota di sempre. Vicina solo a sé stessa, un tempo governata da giganti che, agli occhi degli europei del Cinquecento, vennero chiamati patones o patagones, ispirati alle bestie medievali che abitavano le lande inospitali descritte da Marco Polo. Secondo i bestiari, si trattava di creature dalla natura non particolarmente maligna, con un piede nella parte inferiore e uno nella parte superiore del corpo, che si muovevano rotolando su se stesse negli sconfinati deserti. Forse, il paragone tra i giganti e queste creature derivava dalle impronte lasciate dagli indigeni nel deserto della fine del mondo; per proteggersi dalla flora patagonica, dovevano infatti calzare grosse scarpe di legno. La fine del mondo, là dove il sole tace.

Vorrei appartenere a quell'universo argomentale: misterioso, di origine medievale, pieno di meraviglie. Ma la fine del mondo non è isolata; fa parte di una regione ancora più mitica e vasta: il Sudamerica.

…

Gianni mi conosce da alcune settimane, e a quanto pare non si è mai chiesto da dove vengo. Abbiamo un'amica in comune, una ragazza che frequenta i corsi universitari con noi. Un giorno, mentre stavano parlando, lei ha accennato al mio paese di origine, e da quel momento lui è stato contagiato dal virus della curiosità, motore primo della storia. Stiamo per mangiare qualcosa prima di tornare a lezione. Io ho scelto la pasta al pesto. Fuori, il sole si impone: è iniziata la primavera, la splendida stagione che fa esplodere il verde in Toscana. Gianni si siede accanto a me.

— Pietrino, caro mio! Tutto bene?

— Bello mio, bene! E tu? Che fai?

— Tutto bien, *amigo*! - rispose.

Piccola digressione, a mo' di nota dello scrittore: ho imparato che quando ascolto la parola *amigo*, mi devo preparare.

— Mi fa piacere.

— Quindi vieni dal Sudamerica?

— Beh, è un po' generale. Sono argentino.

— Ahhhh che figata!

— Sì, abito vicino a Buenos Aires.

— Non conosco. Che fai oggi?

— Non lo so ancora, con questo caldo probabilmente vado a fare una bella passeggiata.

— Immagino che quando fa caldo ti senti come a casa, però!

Ecco la prima città immaginaria: il caldo. Eh, certo, siamo in Sudamerica. Viviamo sulla spiaggia, suoniamo tutti le maracas e balliamo la rumba fino al tramonto, dopodiché qualcuno di noi prende la chitarra perché bisogna ballare fino al primo albeggiare. Tutto questo succede mentre le nostre valute nazionali crollano.

Metto a vostra disposizione della preziosa informazione, stimatissimi lettori di queste righe. Forse anche voi non capirete del tutto questa cosa straordinaria. A casa mia fa un freddo bestiale. L'inverno è lunghissimo, inizia a fine marzo e non abbiamo giorni decenti fino a novembre. La temperatura media della città è di 8 gradi. Siamo alle porte della Patagonia; a sud di noi ci sono soltanto i pinguini. I leoni marini sono la nostra fauna usuale. Sarà anche vero che in una parte sostanziale del Sudamerica (ma, principalmente, il Centroamerica) fa caldo, ma il Cono Sud raggiunge latitudini scandinave. Qualche anno fa era diventato virale un video di un contadino che doveva mettere le sciarpe alle pecore, perché morivano a causa del freddo. Quando in Toscana fanno più di venti gradi, comincio a sudare come un maiale.

Diciamo tutto: la questione delle valute nazionali è vera. Non riesco ad abituarmi alla scarsa quantità di banconote che le persone hanno nel portafoglio.

— Sì, dai! Mi piace il caldo. Ma a casa non fa caldissimo.

— In che senso?

— Eh, infatti. Fa un freddo della Madonna.

— Ma, dai! Non l'avrei mai detto!

— Neanch'io avrei mai detto che in Italia fa questo caldo!

— Ma le spiagge le avete?

— A voglia. Ma il mare è freddissimo.

...

Michele non mi sta molto simpatico. Mi chiama sempre *amigo*, emulando un accento messicano. Il Messico dista di 8000 chilometri, che è più o meno la stessa distanza tra il Centroamerica e l'Italia.

Secondo lui lo spagnolo è facilissimo; bisogna soltanto aggiungere qualche *s* alla fine delle parole per renderle parte operativa dell'universo linguistico ispano. Mi farebbe piacere vedere una sua conversazione con mia nonna, che non ha mai pronunciato un *s* in vita sua.

— Uè, Pietrì! Ma lo conosci questo brano? A me piace, è di reggaeton. Sicuro lo conosci. Voi avete il ritmo nel sangue.

Ho notato che in Italia la musica di origine latinoamericana è spesso catalogata sotto il nome comune di *reggaeton*. A noi questo dettaglio fa ridere, perché pochi brani di quel genere creato artificialmente sono riconducibili alla nozione di *reggaeton* che noi abbiamo. Alcune volte si tratta di salsa, di merengue o di bachata. Altre di cumbia, genere più popolare nel nostro paese e che ha sviluppato una corrente locale di larga presenza.

Non sono un grande intenditore di musica centroamericana; in generale mi piacciono i ritmi allegri ma non saprei dire a occhio e croce quali sono le differenze fra un genere e l'altro. Ma Michele non lo sa, secondo lui io sono un intelligenza artificiale nata sotto il sole del Puerto Rico, posto che non riesco nemmeno a immaginare perché non ho mai conosciuto un *boricua*.

— Ahhh, non lo conosco. Ma è bello! Come si chiama?

— Ma dai, come non lo conosci? Non è del tuo paese?

— Non saprei dire. Dall'accento sicuramente no, dal ritmo neanche. Ma non si sa mai, forse è stato registrato nel mio paese.

— Ma comunque è sempre il Sudamerica!

L'indicazione nel brano suggeriva un'origine colombiana. Noi ci teniamo alla musica colombiana. Hanno inventato la cumbia, certo, ma la distanza che ci separa non è piccola. È come quella che c'è tra l'Italia e l'Asia Centrale. Non so bene cosa dire. Non voglio sembrare scortese, ma penso che far ascoltare una tarantella a un friulano e dirgli: "Come, non la conosci? È della tua terra!" sarebbe una generalizzazione alquanto superficiale per qualsiasi italiano.

Non mi offende, anzi, mi diverte. Mi piace immaginare di saper ballare tutti i ritmi latini. Ma sono curioso: vorrei capire come siamo arrivati a far parte anche noi di quel concetto generico di Sudamerica che si ha in Italia.

— Eh, sì! Dai, poi a casa ascolto altre cose di lui. Sono ritmi bellissimi, fa venire la voglia di ballare proprio.

— Mi fa piacere! Poi, se conosci altre, fammele ascoltare, Pietrì.

...

Non ricordo nemmeno il nome di quel tipo, ma ricordo bene la voglia di dargli una testata e lasciargli il naso come un peperone. Bevevamo una birra al solito posto, dove si faceva serata. Amavo quelle notti interminabili, fatte di aneddoti, storie e camminate infinite. A Siena, persino la strada più "in piano" ha un'inclinazione che sfiora gli 87°, e camminando mi dicevo che sarei diventato fortissimo a calcio grazie alle corse continue dall'università alla fermata, dalla fermata a casa, e da casa al campetto.

Questo ragazzo era comparso in compagnia di uno che conoscevo dall'Università. Da come si muoveva, era chiaro che non apparteneva alla "specie dei bravi" (in senso manzoniano).

— Uè, Pablito!— certo, ci eravamo già presentati, e lui sapeva che io fossi sudamericano.

— Ciao, caro!

Mentre baciava una bottiglia di birra, cominciò a canticchiare: — *Soy el fuego que arde en tua piel... soy el agua que mata tu set—*

— Eh?

— Ma, dai! Come fa?

— Mai sentita.

— Quella della serie TV!

— Quale?

— Quella dei narcos! Sai, mi ricordi Pablo Escobar. Non sarai mica un narcos anche tu, eh? Ha, ha.

Ecco, era arrivata una nuova "città immaginaria": la Colombia, i narcos, la droga. Non posso biasimarlo del tutto; se hai 25 anni e ogni fine settimana guardi un film americano, significa che a quest'ora hai visto circa milleduecentocinquanta film, per non parlare delle centinaia di ore di scene di colombiani o messicani che commettono ogni tipo di crimine. Qualche decennio fa, il Sudamerica era immaginato come la terra dei milioni di cugini italiani tra Brasile e Argentina. I tempi sono cambiati; oggi, rimane l'immagine delle storie criminali.

I miei amici si guardavano tra loro, sorpresi e un po' imbarazzati. Io in realtà volevo ridere; tra amici, si scherza in modo spietato, ma prima bisogna essere amici. Quella sera imparai il testo della canzone, che iniziammo a canticchiare insieme. Ancora oggi, lo facciamo spesso quando beviamo. Nessuno rispose allo "scherzo" del nostro "ignoto" e la serata proseguì.

Uno dei miei amici mi chiese se mi fossi sentito offeso. No, per nulla; ma è vero che certe cose non si dicono a uno sconosciuto. Io non mi offendo, ma chissà, dietro di me potrebbe esserci un immigrato che fugge dai narcos del proprio paese.

Prima di chiudere la serata, lo beccai e gli dissi:

— Sai, ti avrei dovuto dare una bella testata. Sei proprio un idiota.

Lui rise, capiva che io avessi ragione.

— Scusa, ho esagerato. — rispose tranquillamente.

— Tranquillo, non mi offendo. Ma sì, sei proprio idiota. E comunque, noi siamo lontanissimi dalla Colombia.

Quella sera presi una decisione quasi "politica": se qualcuno mi chiede se sono un narco, dirò sempre di sì.

...

Luca mi ha visto qualche volta. Viviamo nella stessa città, abbiamo degli amici in comune. Ogni tanto mi becca quando andiamo a giocare a calcio con i miei amici, palleggiamo e parliamo del più e del meno. Viene dall'Abruzzo, regione bella se ci sono. Un nostro topico ricorrente è il calcio; formazioni, aspettative, tornei, passato, presente e futuro. Un giorno, mentre parlavamo, lui mi chiese cosa ne pensasse di Enzo Fernandez.

— Enso Fernandes è un giocatore della Madonna.

A lui fece impressione notare che noi non pronunciamo la Z come lo farebbero gli spagnoli.

— Ah, ma quindi non si pronuncia FernandeZ?

— Boh, dipende. I peninsulari pronunciano la Z in una forma strana, aspirata. Noi semplicemente non dividiamo le C, S e Z. Sono sempre S.

— Che interessante. E come mai?

— Se in Italia cambi paese e cambia il dialetto, immaginati che succede con una lingua parlata in due continenti.

— Eh, infatti. Ti volevo chiedere se da te ci sono i dialetti.

— Mmmm no, almeno come si intende la materia in Italia. Da noi ci sono accenti e gerghi, ma non si sono sviluppate lingue da una lingua comune. La cosa più vicina che abbiamo è il lunfardo, la lingua del tango.

Lui rimase profondamente interessato. Il suo interesse cresceva mentre facevo l'elenco infinito delle parole che vengono dalla lingua italiana o dalle lingue italiche; naso, faccia, gamba, birra, *pibe*, *chanta*, bocciare.

— Voi siete proprio italiani — sentenziò.

— Anzi, secondo me siamo i veri italiani. Voi siete i *delusional cosplayers*.

Ridiamo, scherziamo.

— Pietrino, ma vuoi giocare una partitella domani?

Lui, senza dirmelo, mi presentò un'altra città immaginaria. Quando giochiamo a calcio, lui mi cerca sempre con lo sguardo, e mi fa arrivare il pallone. A casa sono un giocatore medio, con qualche lacuna di genialità e immensi deserti di decisioni sbagliate. Qui, invece, ho un tocco magico. Non solo Luca me lo fa notare, anche gli altri.

Il fatto è che il calcio è molto diverso qua e là. Da noi è veramente fisico; ci meniamo, ci picchiamo, ci piace il contatto e l'aggressione diretta e ingiustificata. L'abilità è quindi un meccanismo di difesa; anche i nostri difensori sono in grado di fare dribbling con naturalezza.

Qui, invece, il calcio è un po' più tendente allo spazio. Interessa capire come funziona lo spazio, più che altro, perché il fattore della pressione fisica è ridotto. Quando picchi sottilmente un rivale, il gioco si ferma e si fa il calcio di punizione. Da noi devi essere crudelmente sbranato dai difensori rivali per ottenere un calcio di punizione.

Luca lo fa inconsciamente, mi dice che sono un grande, pratica per palleggiare come lo faccio io, non è consapevole, ma è probabilmente l'unico dei Milioni che mi piace in maniera onesta.

...

Ho deciso di abitare quel Milione, di farne parte. Quando qualcuno mette qualcosa nello zaino, ci guardiamo con i miei amici:

— Scusa, lo stai nascondendo perché lui è sudamericano?

Quando sulle notizie esce che il consumo di droga è aumentato nell'Italia, ci guardiamo con i miei amici:

— Eh, sì. Da quando sei arrivato tu.

Se c'è bisogno di un giocatore nella squadra di calcio locale, non c'è ombra di dubbio:

— Non si è mai allenato, ma chi se ne frega. È sudamericano, loro nascono con il pallone attaccato al piede.

La successione è infinita:

— Ragazzi, qualcuno ha un coltello?

— Io ce l'ho, ma non perché sono sudamericano.

— Siamo rimasti fuori casa!

— Non vi preoccupate, lui sa aprire la porta con le forbici.

— Puoi camminare tranquillamente di notte con lui; nella vita ha visto talmente tante *favelas* che ormai non fa più caso a niente.

...

Quando ho raccontato che avrei avuto un'intervista di lavoro, è stato il mio primo pensiero:

— Che bastardo, sono venuto a rubarvi il lavoro.

Pedro Becchi

Una voce antica

Un bimbo seduto nella poltrona ascolta Pavarotti. Il maestro era passato a miglior vita in tempi relativamente recenti. Entrambe le mani, quella governata dalle rughe e quella che puzzava ancora di latte, scrivono una lettera. Ringraziano il maestro; chissà quante mattine e quante sere erano state accompagnate dall'esacerbato vocalismo vincente del Nessun Dorma.

Modena e casa mia distano di tredicimila chilometri; solo Marco Polo avrebbe potuto consegnare la tenera lettera. Per fortuna abbiamo un nostro Marco Polo a casa; papà deve andare in Italia due o tre volte all'anno.

Mi chiedo sempre che posti ci saranno di là. Quando porta i motorini Ducati e le magliette del Parma a casa hanno un odore totalmente diverso da quelli che conosco. Sarà il paradiso di noi cicciottelli; ogni volta che qualcuno dice "quanto è buono il formaggio", mio padre risponde "dici così perché non hai ancora assaggiato il parmigiano vero".

Per me è una sorte di mondo parallelo; so che dall'altra parte ci sono i parenti. Secondo mio padre sono uguali a noi; sua cugina ha tre figli delle nostre età che, tranquillamente, potremmo essere noi. Il dettaglio che ci allontana è che loro sono biondi e noi siamo bruni; peraltro condividiamo l'ignoranza e la puerilità. Ridiamo uguale, perdiamo i denti, mangiamo le stesse cose. Condividiamo il brillio degli occhi, e chissà quante altre caratteristiche.

Io sto ancora imparando le cose basiche e vengo a sapere che conoscere l'italiano non basta, che in Italia ci sono più *lingue italiane* oltre l'italiano; quel gatto Cicerone che fa la guida nella storia romana antica parla una versione localizzata che i miei occhi da bambino solo riescono a interpretare come una deviazione. Romanesco, lo chiamano.

Come fa mio padre a capire se ognuno di loro parla a modo suo? Perché so che lui deve andare a Bologna, a Parma. Ci sarà pure un *parmesco*. E anche ci sarà un *bolognesco*, penso. E sì, c'è. È il patrimonio immobile degli umarèll, come ho saputo dopo.

La nonna fa la polenta in cucina, io leggo sempre. Accompagna la *pulenta* con un ragù spaziale. Se è inverno, si fa la *bagna cauda*. Lei è contenta, racconta sempre alle sue amiche che io leggo e tanto. Mi chiama *Libro gordo de petete*. Il suo Pietrino sa tutto. Qualsiasi informazione che non abbia un valore pratico, io la conosco.

Lei di frequente mi prendeva a scuola per andare a passeggiare, a cantare, ad aspettare niente in una piazza, a fare colazione, a rinnovare i documenti.

In un'occasione mi portò a fare la documentazione personale. Mentre aspettavamo l'appuntamento una vecchierella si mise a parlare con me. Nella TV, un film biblico. La signora disse che Dio fece piovere fuoco sulla città di Ninive poiché non aveva trovato nemmeno un uomo giusto. -Ninive? Sono sicuro che sia stato su Sodoma.- Io frequentavo la scuola cattolica, ed avevo ragione. La Bibbia non mi interessava come verità esegetica, ma innanzitutto come narrazione epica. La signora insisteva, era convinta del fatto che la città punita fosse Ninive. Per fortuna, una terza signora aveva una Bibbia nella borsa. Ricerca veloce: la città è Sodoma.

La signora diede i complimenti a mia nonna, che guardava dall'alto come se io avessi vinto un Mondiale.

Ogni tanto mi prendono in giro per le mie ricerche e le mie associazioni; ho una sorte di deficit di accudimento. Spesso collego le cose in forma inaspettata. Una volta stavamo mangiando a casa ed io, guardando le crocche che richiamavano un colore aureo, ho avuto l'idea di dire:

— Ma lo sapete che in certi posti del Giappone la gente paga per mangiare piatti con piccole quantità di oro?

I miei fratelli ridevano. Poi si sono occupati di torcere la versione originale, e quando ci capitava di mangiare fuori e io ero pronto a chiedere il mio piatto loro interrompevano con un "Signor cameriere, ma Lei lo sa che i cinesi mangiano l'oro?". Che bastardi.

Quando andiamo tutti insieme a mangiare all'associazione italiana il fine settimana, c'è sempre qualche signora che chiede "Chi di voi è che parla l'italiano?" e loro mi segnalano senza pudore, anche se sono in grado di capire perfettamente e, volendo, disporre qualche frase. Sarà che vogliono liberarsi dalla pizzicata di guance che sembra essere un atto protocollare delle amiche di mia mamma. L'Italia è anche quello; una pizzicata di guance tutte le domeniche prima di ricevere un piatto di pasta al sugo.

Nel Consolato c'è un corso di italiano per bambini. Sbaglio e tanto quando provo a scrivere, penso che nessuno a casa sappia farlo veramente bene. Fatico perché l'h non ha senso, l'i diacritica neanche e le doppie sono un mistero assoluto. Ma, a quanto ha fatto capire Pierpaolo, il nostro studente (e dico così perché siamo noi a difenderlo dalla distanza linguistica ora che è venuto a vivere in Argentina), lo parlo senza problemi.

L'amore per la loquela si è sviluppato così; ogni volta che un amico di mio padre dice "Ma quanto lo parli bene!" io godo e cresco nella voglia di sapere sempre di più; la variazione di ogni parola, la radice, i corradicali, l'etimologia, la storia conosciuta, la storia nascosta, se esiste la possibilità di renderlo un verbo, se ha connotazioni occulte.

Il corso al Consolato è finito. Qualche mese dopo decido di continuare a studiare l'italiano. Il divario tra scritto e parlato è troppo evidente; faccio un esame terribilmente inaccurato all'associazione culturale e mi mandano al livello A2. Spesso non faccio i compiti, ma ho sempre qualcosa da dire. Rapidamente divento un B1. Sempre, ma sempre, ho qualcosa da dire. Il passato remoto l'ho sempre sofferto, a casa nessuno l'ha mai usato. Per il passato prossimo ho sviluppato il metodo *chi o che cosa*. Ho scoperto che la particella *ci* esiste pure da noi, anche se è rimasta cristallizzata alla fine di certe voci verbali finite. Non è andata così con la particella *ne*, che è un concetto del tutto estraneo.

Con mia nonna condivido qualche compito, lei non capisce molto delle regole grammaticali. Fa tutto a occhio, mettendo più croce che occhio, come fa quando cucina. Mio padre invece sì, capisce abbastanza. Ha frequentato le lezioni di italiano molti anni, e dovendo andare tutti gli anni a Bologna è riuscito a capire le strutture fondamentali della lingua. Lui mi fa notare che sono arrivato in tempo per avere l'accento.

Pier Paolo e Francesca sono eccellenti docenti, non vorrei essere ingrato. Erano in grado di farci capire concetti di natura linguistica, il che è del tutto meritevole. Ma più bravi sono Vanoni nel cantare, Celentano nel recitare e Calvino nello scrivere. Quanti mondi da vedere! Io mi perdo. Mi persi. Potevo non farlo, ma mi persi. Mi smarrii. Mi sommersi. Come farei a non perdermi negli occhi della Muti? Sotto la neve della città smarrita di Marcovaldo? Tra Procida e Resina? Ero ancora un bambino.

Ancora più brava è lei, che capì subito che una voce antica che in lei si spegneva poteva accendersi in me.

L'Italia è quello; la polenta in cucina, l'odore del ragù, le chiacchiere sui romani, le infinite sessioni di Puccini, il pranzo della domenica da qualche associazione, i film degli anni settanta, le rughe, le mani, le sue mani, il sapore di sale, gli occhiali di lei, il giallo che governa le foto sul comò, i motorini che hanno sempre popolato le nostre biblioteche, le sedie del matrimonio della bisnonna, il filo che usava la nonna per tagliare la polenta fritta e che usò anche per tagliare la mia vita in due, dal momento che decise che io sarei sempre stato naturale di entrambe le sponde atlantiche.

…

Cammino per le strade dell'Italia, di tutte le Italie che conosco e che ci sono.

Sui treni guardo sempre dalla finestra. Mi avvicino sempre ai balconi che aiutano a scoprire un paesaggio. Osservo i tratti delle signore che nel dolce incanto del mattino escono dalle case per comprare il pane. Mi fermo un attimo quando in un ristorante si sta preparando la cena per sentire i profumi.

Quando scopro un colle nuovo, quando un fiocco di grandine si posa sul tetto di una casetta del paese rurale, quando una signora chiama un'altra dal balcone, quando una musica si spegne nelle lontananze. Mi piacerebbe vederti lì. Guardo sempre il cielo, ti cerco.

Seconda parte: la voce nuova

Sotto il monumento di Dante

La prima volta che andai a Firenze vidi il monumento di Dante. Lo guardai per almeno una decina di minuti. Sopra il monumento di Dante galleggiavano per aria le prime farfalle della verde stagione che vuole albeggiare.

L'effetto farfalla, come lo chiamiamo noi, è impressionante.

L'uomo decise di scrivere il suo poema sacro in lingua fiorentina e ora abbiamo qualcosa in comune. Nacqui, come lui, sotto il segno dei gemelli, 732 anni dopo. I miei avi non parlarono quasi mai la sua lingua, forse solo una o due generazioni, parlarono piuttosto qualche idioma insultato da lui nel suo De Vulgari, con l'eccezione di mio padre che imparò l'italiano solo dopo.

Probabilmente nemmeno i miei discendenti la parleranno; l'unica cosa certa è la morte.

Io guardo lui che guarda me. Abbiamo qualcosa in comune. Spero di non sposare una Gemma solo per desiderare una Beatrice, anche se sono un gran candidato per farlo.

Un mio amico diceva che gli universali lo sono perché li leggi dieci volte, e tutte e dieci le volte avrai sempre una risposta nuova, qualcosa che non avevi visto prima, un dettaglio trascurato. Io guardavo il monumento di Dante perché volevo capire se quei mesi fossero un esilio o meno.

Sopra il monumento di Dante, il cielo. Il cosmo, l'universo, le stelle da riveder. Sotto il monumento di Dante io, un uomo che mangia una schiacciata e sente parlare due signore del più e del meno. Un nessuno, un niente. Un batter d'occhio.

Suonano le campane della chiesa; devo tornare in stazione.

Figliuola di Roma

I toscani, per definizione, sono responsabili di uno dei luoghi più imprevedibili della storia umana: la Toscana. Hanno una virtù e un difetto: sono pienamente consapevoli del valore patrimoniale della loro terra e non esitano a ricordarlo a tutti. I borghi, che sulla mappa sembrano sparsi come gocce di vernice, sfoggiano cartelli con scritte del tipo: "Qui Gemma rimproverò per la prima volta Dante," "Qui Boccaccio comprava i cornetti," "Qui Petrarca trovò il bibliotecario più ignorante della storia."

Alcuni dei miei amici sono, ovviamente, toscani. Definirli così è riduttivo, però; se l'Unità d'Italia è stata difficile, l'unità della Toscana è praticamente impossibile. L'unica vera ideologia condivisa è il campanilismo: gli aretini disprezzano i senesi, i senesi guardano con sospetto i pisani, i fiorentini non sopportano i grossetani, i livornesi tengono d'occhio i carraresi, e così via. Forse "odio" è eccessivo, si tratta piuttosto di una forma di sospetto verso il vicino.

Per semplificare, io parlo di "Lingua del Vo e del Fo." Come esiste il Languedoc in Francia, in Toscana potremmo tranquillamente avere il "Linguafò" o il "Linguavò." Personalmente, trovo siano nomi di una raffinatezza unica.

Questo campanilismo è esacerbato da secoli di attenta osservazione delle attività quotidiane altrui: "Hai visto quei grulli? Hanno costruito un'altra villa medicea!" "Eh sì, ma noi abbiamo una torre che pende!" "Attenzione, quelli laggiù hanno appena eletto Papa uno dei loro nobili." E così via, sin da quando il primo mercante toscano decise di costruirsi una villa in città e di pagare un artista. Almeno ottocento anni.

Se il grande Galileo fosse ancora tra noi, stabilirebbe senza ombra di dubbio che il centro esatto dell'universo non è né il sole né la terra, ma la sua contrada. "Cosa leggi? La Crusca? La casa di mia nonna è a cento metri da lì." "Buona la carne argentina, ma devi provare la bistecca che fa il mi' babbo." Io li rispetto immensamente: i toscani hanno capito che la tradizione è il mantenimento del fuoco sacro e non il culto delle ceneri, come dicevano i romani. Sarebbe bello se tutti avessero lo stesso amore autentico per il proprio passato. Tranne, ovviamente, quelli che di certe cose dovrebbero almeno un po' vergognarsi.

...

La nobilissima città di Fiorenza figliuola di Roma è superba, magnifica, golosa e, innanzitutto, patria di un carissimo amico mio: Dino Compagni. Dino è anche amico di Dante; insieme furono gonfalonieri, funzionari di Firenze, uomini della politica guelfa della città. Il caro Aldobrandino ha scritto un libretto definito '*picciol libro de' tempi di Dante*' che racconta la storia dell'umiliante e obbrobriosa sconfitta dei guelfi bianchi all'inizio del quattordicesimo secolo. Ma fu anche amico di altri politici e commercianti all'epoca. Fu un uomo della città.

Ho trovato l'opera in una bancarella che vendeva libri usati molti anni fa nella mia natia città atlantica, ho letto la storia con grandissimo interesse e mi sono tenuto l'esemplare in biblioteca, pensando che forse un giorno mi avrebbe portato da qualche parte. Mi proposi di scrivere il vero delle cose certe che vidi e udii, scrisse Dino all'incipit della sua umile Cronica.

A Firenze non c'è solo il monumento di Dante, vivono alcuni miei amici argentini; German e Manuel. Ci siamo messi un obiettivo; dobbiamo trovare Dino. Qualsiasi cosa ci soddisfa: una scritta, una testimonianza, una stradicciola, un vicolo, una targa, un ristorante con il nome di Dino. I ragazzi ci vivono da due anni, e non hanno mai sentito parlarne. Curiosamente da noi (almeno all'università) è abbastanza noto, uno storico maestro di maestri l'aveva tradotto e faceva parte dei programmi di studio di storia medievale di tutto il paese.

Dalla stazione Santa Maria Novella, posto fantastico che io conoscevo solo grazie a Dino, partimmo per l'interrogazione della città. Mentre arrivavamo col treno, io spiegavo in maniera scherzosa il rapporto tra Dino e la città. Ai miei amici incuriosiva profondamente, e ci divertiva proporre un gioco di questa natura.

Abbiamo rubato il taccuino di contatti di Compagni e abbiamo deciso di fare il cammino logico, percorrendo i posti descritti dalla Cronica e chiedendo ai vecchi conoscenti di Dino, particolarmente Dante.

A casa del sommo poeta, ora diventata museo, non c'è nemmeno traccia di questo suo amico. Vedemmo tutte le schede informative, tutta la bibliografia che c'era in mostra. Chiedemmo alla gentilissima ragazza che lavora lì se aveva mai sentito parlare di un tale Compagni; per lei era forse un vago ricordo del liceo classico, ma non poteva darci ulteriori informazioni. Neanche sotto il Monumento di Dante trovammo qualche indicazione di peso. Peccato, ora che Dante è diventato famoso si è dimenticato dei suoi amici, disse Manuel.

Piazza della Signoria. Ci fermammo davanti al maestoso Palazzo Vecchio, immaginando Dino Compagni mentre raccontava le lotte tra Guelfi e Ghibellini, le tensioni civili, le sue riflessioni amare su una città in tumulto, pervasa dalla noia e pervertita dall'accidia. Eppure, nonostante lo splendore del luogo, nessuna lapide, nessuna scritta ricordava il cronista. Il tizio, mentre era esule in patria, decise di scrivere una cronica clandestina contro il potere politico. Però desiderando il rientro dei suoi amici esiliati, e non sono stati nemmeno in grado di ricordare nonché l'uomo, la gagliardia.

Forse ci sarà qualcosa vicino a Santa Croce, disse German con fiducia. Lì sono sepolti i grandi. Dino per noi era già diventato un grande. Abbiamo l'abitudine di tradurre tutti i nostri rapporti in termini calcistici. Compagni? Secondo me è più grande di Pelè. La basilica era famosa per essere il luogo di sepoltura di fiorentini, da Michelangelo a Galileo, che hanno contribuito alla storia, ma anche di altri grandi italiani come Alfieri o Foscolo. Camminammo per le strade lastricate, respirando l'aria della storia ad ogni angolo. Arrivati alla basilica, però, non trovammo nulla che menzionasse Dino Compagni. Né sotto Dante, né vicino ai grandi.

Continuammo il nostro pellegrinaggio per la città, attraversando Ponte Vecchio, sperando che almeno lì, tra le botteghe di orafi e il brulicare di turisti, ci fosse un segno, una piccola targa. Nulla. Dino era stato un commerciante, particolarmente del settore della seta; da lì si era catapultato al governo della città in favore del popolo grasso. Fiorivano mille botteghe all'epoca. Ma nemmeno una targa lo ricordava.

Sperammo in Piazza del Duomo. Forse Dino Compagni, in qualche modo, avrebbe trovato spazio vicino alla grandiosità di quella cattedrale. Ma no, il nome del cronista medievale non appariva neppure lì. Persino sotto la cupola del Brunelleschi e il campanile di Giotto, il suo ricordo sembrava svanito, come se Firenze l'avesse dimenticato. Dopo ore di ricerca infruttuosa, ci sedemmo stanchi su una panchina nei giardini di Boboli, ormai rassegnati.

Le ore erano volate. Il tramonto era già un fatto certo, e ogni tanto una pioviggina ci dava noia nelle lunghissime camminate tra un punto e l'altro. Nella piazza ci nascondemmo dalla pioggia che sembrava intensificarsi.

Il cartello mi disse qualcosa: piazza della Santa Trinita. Ragazzi, peccato che non ho portato la Cronica, ma sono sicuro che questa piazza ha un qualche ruolo nella storia principale. Ma è un eco lontano, una rimembranza piuttosto vaga. La ricordo semplicemente grazie al fatto che l'accento prosodico non cade sull'a finale, il che è strano. Rispetta la pronuncia latina. German mi guardava; "ma come cazzo fai a ricordare queste cose?". Infatti, ha ragione, non ha senso. Ricordo fatti minori e curiosi con precisione paurosa.

Entrammo nella piccola Basilica della Santa Trinita, ma perché avevamo una vaga curiosità finale e perché fuori pioveva. Ci sedemmo a contemplare la costruzione. German mi guardò, estendendo la mano in quell'universale messaggio che è l'andiamocene. Ma Manuel sparì, non era né sotto l'altare né nelle panchine più prossime. Dal lontano, mi chiese di avvicinarmi.

— Di cognome faceva Compagni?

— Si.

— Leggi.

Asilo degno alle ossa di Dino Compagni dal XXVI febbraio MCCCXXIV.
Le volte di questo tempio che risonarono della sua parola magnanima: Contro a chi volete pugnare? Contro a' vostri fratelli? Che vittoria avrete? Non altro che pianto!

— Signore! — gridò German per attirare l'attenzione di un vecchietto che sembrava lavorarci.

— Mi dica. Fra un po' chiudiamo. — dalla spirantizzazione si capiva che fosse un fiorentino DOP.

— Ma chi è l'uomo qui sepolto?

— Non saprei dire. Queste cose le sa l'impiegato della parte di restauro.

Uscimmo dalla Basilica.

...

Ci guardammo in silenzio, contemplando la città attorno a noi. Firenze continuava a pulsare, indifferente alla sconfitta dei guelfi bianchi. Ma in qualche modo, sentivamo di aver scoperto una verità: alcune tracce della storia semplicemente vivono nascoste in un libro che si può comprare in una bancarella all'altra metà del mondo. Ed è così che hanno senso.

Chissà quanti nostri predecessori abbiamo dimenticato ma sono ricordati in maniera aleatoria in Svezia, Zimbabwe o Mongolia. Chissà quante targhe ascose sono là dove il corpo nostro non andrà mai. In questo momento, forse, un ragazzo sta chiedendo in uno spagnolo traballante se in quella cappella è sepolto un tale signor Fernandez, di cui nessuno di noi sa veramente nulla.

— Sembra che l'ultimo amico di Compagni sei tu.

La morte di Venere

Con una lacrima furtiva che scivolava lungo la guancia, sono uscito in fretta, senza voler incrociare il futuro negli occhi di nessuno. Chiusi la porta senza voltarmi e mi incamminai verso il mercatino, quello dove vendono le orecchiette. Devo calmarmi, pensai. Respirare a fondo e rimettere i piedi per terra.

Che importa se qualcuno mi vede piangere? Tanto siamo a Lontanopoli, e probabilmente non rivedrò mai questi passanti. Ma devo rilassarmi e non lasciare che il panico prenda il sopravvento. La commessa del supermercato mi porge un fazzoletto, una signora fuori mi offre una sigaretta. Ma nessuna mi chiede: "Chi dobbiamo pestare?"

Torno all'appartamento. Chiedo scusa, faccio finta di niente.

...

Avevamo pianificato il viaggio insieme. Beh, insieme. Lei aveva pianificato questo viaggio e io decisi di più o meno adeguarmi. Non è che mi dispiaceva la Puglia, per piacere. Poi ho capito che si trattasse di uno dei posti più energici e belli della creazione. Mi dispiaceva cedere in un viaggio che, alla fine, aspettavo da anni. Mi dispiaceva aver fatto tante cose e aver regalato tante soluzioni ad una persona che, alla fine, ha deciso di staccare il proprio cammino per fare un'esperienza tutta sua.

Un'esperienza tutta sua con i soldi che sono piovuti dal cielo perché Dio è grande, certamente. Dall'etere. Una sorte di mana che lei aveva guadagnato in merito al merito stesso. Ora, lontani da casa, voleva staccare. Ma mentre facevamo un progetto comune non voleva staccare, anzi. Quando aveva bisogno di me non voleva staccare. Naturale, normale. Sperabile, auspicabile. Col cazzo.

Mi sono sentito veramente uno stupido.

Mi giro e mi addormento senza dire nulla.

...

Ancora una volta, devo tenermela, pensai. Ma soffro di una condizione insopportabile: ho ragione. Quando so di avere torto, o sospetto di averlo, faccio un po' di scena – tiro due calci a una sedia, alzo la voce – e dopo una quindicina di minuti mi scuso. Sono perfettamente capace di ammettere i miei limiti, e non sono pochi. Ma questa volta, avevo tutte le ragioni per pensarla diversamente.

Potreste pensare che avere ragione non sia un peso, anzi, che molti lo trovino persino gratificante. Ma il ventunesimo secolo e il suo iperbole ci hanno trascinati e inchiodati alla ragione. Io non l'ho mai cercata né voluta. A volte è lei a inseguirmi, e io scappo, piagnucolando tra i sentieri che la mia mente disegna ogni notte. Mi nascondo come farebbero i bambini, coprendomi il viso, perché non voglio che nessuno capisca cosa penso, non voglio essere interpretato.

Quando ho ragione e non me la danno divento un mostro.

Esco a fare una camminata. Non rispondo ai messaggi.

...

Gli elementi probatori eran troppi. Io avevo sistemato la parte effettiva e formale del viaggio. Lei non aveva nemmeno mosso un dito, e forse era un segnale che avevo scelto di ignorare. Dopo anni insieme si finisce col pensare di conoscere davvero l'altra persona, ma non è così. Dal suo restare immobile, posso trarre un'altra conclusione: questa odissea non ha mai avuto per lei il significato che ha avuto per me. Eppure, si è concessa dei capricci, e io, con una dedizione quasi servile, mi sono concesso di assecondarli.

Eh, penserete. Ma anche tu gioia mia sei un caso speciale.

Mi calmo, mi calmo. Arrivo e faccio finta di essere calmo. Finiamo la giornata in pace.

...

Tu sei una merda, le dissi. Mi stai rovinando il viaggio. Anzi, mi stai rovinando la vita. Non posso credere in che forma mi tradisci. Ti dico altro; io torno a casa. Vattene affanculo te e tutta la razza tua, pezzo di merda. Mi hai chiesto diecimila favori e io come uno stronzo li ho fatti, non sei in grado di restituire nemmeno un piacere. Volevi conoscere il paese dei tuoi e siamo andati, non solo non sei in grado di venire nel paese dei miei, ma decidi di fare un viaggio con persone che conosci da due giorni. Poi se io sparisco un giorno ti fai la storia perché io soltanto so sparire se dietro c'è un'altra. Perché entri così nella mia testa? Ma non vedi che impazzisco? Ma non vedi che mi stai facendo impazzire? Perché mi tormenti? Perché mi fai questo?

...

Così, senza filtri né trucchi. Io non mi arrabbio mai, ma ho un difetto. Un gran difetto. Che non mi arrabbio mai. Mia mamma diceva così; ti arrabbi poco ma male. Fai paura.

Il tuono che mi abita è terribile, dico cose terribili, sono un verborragico patologico con un matice sociopatico, ma la cosa incredibile è che non sono in grado di verbalizzare nemmeno un decimo del totale dei barbarismi che appaiono nella mia mente in milionaria oscurità come in un film. Non mi basta insultarla, voglio vederla piangendo in ginocchia. Vorrei che accadessero cose orribili. Non ho misura né cielo nel mio pensiero.

...

Ho sempre saputo che sei una merda. No, è una bugia. Mi sarebbe piaciuto sapere prima che sei una merda. Purtroppo non lo sapevo, e ti ho portata qua. La mancanza di rispetto è talmente grave che io non aspetto di rivederti a casa, spero semplicemente di non rivederti mai. Vorrei che il mio nome sparisse per sempre dalla bocca tua, vorrei non averti mai nominata, conosciuta, vista. Tu sapevi che questo sarebbe andato così, e hai fatto come i ragni. Mi hai portato alla lontananza più assoluta per lasciarmi. Ferito e lontano dai miei, così mi vuoi lasciare perché desideri la mia perfetta umiliazione nel posto che ho sempre desiderato dal più profondo del cuore mio. Quello è il livello della tua malattia, perché sei malata. Mi distruggi senz'altro e mi dimenticherai per fare la vita tua con la celerità che ricresce l'erba. Ti sei approfittata, hai usato i miei mezzi per venire qui, hai usato la mia spalla per piangere quando ti sentivi male, hai usato la mia anima per completare il vuoto che ti ha lasciato il profondissimo e antico dolore che una sera di orrore mi raccontasti, magari ti spezzasse un tuono, ti distruggesse un ricordo; ti sbranasse sempre la canzone che abbiamo in comune, morisse la speranza al vedere che non tornerò indietro, ingiallisse la foto da oggi a domani.

...

Non ha nemmeno cercato di difendersi, riflettevo. E certo, forse neanch'io l'avrei fatto. Quante volte avrà fissato lo schermo, domandandosi se ci fosse un legame diretto tra le sue azioni e le mie. Quante volte avrà pensato di avere, in qualche modo, il mio vivere e morire tra le sue mani. Quante volte avrà riflettuto. Quante volte.

...

Quella prima seduta, con una signora bionda dagli occhiali grigi sulla punta del naso e un'aria di gesti meditati, mi tormenta spesso. Mi chiese: "Ma perché corri così tanto?"

Non so rispondere, ma corro. Sei o sette chilometri ogni giorno. Eppure, dietro di me, le cose non sembrano mai allontanarsi davvero. Quando guardo indietro, mi accorgo di non aver ancora superato l'ultimo gradino del luogo da cui sto fuggendo. Così torno, e ancora una volta Euridice svanisce.

Scoprire che un'altra voce parla mentre io dormo mi fece piangere.

...

Non posso giudicare il mio passato. Non provo alcun rimpianto per la mia infanzia, e posso dire, cosa rara per la maggior parte delle persone, di aver vissuto quegli anni con una serenità quasi scontata. Mio fratello è complesso, persino più di me. Eppure... neanche lui si sente capace di cercare o trovare un colpevole. Siamo così; ci arrabbiamo poco ma malissimo. Non siamo consapevoli delle nostre parole.

Ci sono misteri a cui non siamo pronti. A volte, la verità si mostra davanti a noi, incerta e traballante, e tuttavia scegliamo di ignorarla, di non guardarla per davvero, di non darle peso, fingendo di non averla mai notata.

...

Se un tuono ti spartisse in questo momento, sarebbe tutto più facile per me. Non avrei un posto dove tornare, non avrei nemmeno l'opportunità di provarci.

...

Sono confuso, mi sono smarrito, il treno è già partito, sono salito, sono sceso, mi hai visto mentre mi allontanavo da quella stazione, sono sceso ancora una volta, sono sceso, sono arrivato a casa, mi sono addormentato, mi sono alzato, ho pensato:

sono da solo.

Pedro Becchi

Cantai, or piango

...
Non mi sono bastati,
e lo sapevo che sarebbe stato così
dopo i giorni di frenesia,
dopo l'amore, la pazzia
Dopo l'ultimo no e il primo sì
che ci vide baciarci, illuminati

Quando nessuno rispose
seppi che dall'altra parte c'eri
guardando il nome mio
aspettando forse un addio
sperando che io diventassi un ieri
una foto gialla tra le cose

Quando nessuno risponderà
e sarò là, dove il sol tace
guarderai il nome mio
desidererai un addio
che ti porterebbe pace
e la foto gialla quanto dorrà.
...
Sogno il giorno che diverrai
la cenere che cade
dal balcone
dove sovente cader sognai.

Zibaldone della fine del mondo

Un dì al mio risvegliar
sarai soltanto un dì
Diverrai un attimo
Dio volendo un batter
E magari un giorno all'albeggiar
senz'altro non sarai
…
Non mi basteranno
gli sguardi mai avuti,
la speme, le notti,
le ricordanze dell'anno,
dei giorni perduti,
i soprannomi e i motti.

I passeri cantano troppo
sembrano ricordarti
ricordano il seme,
l'amore, il galoppo
la fondazione delle arti,
anch'essi perdono la speme.

Pedro Becchi

I passeri solitari

Forse una delle abitudini più crudeli dell'umanità è l'oblio. Dimentichiamo spesso, e dimenticare è il primo passo verso la crudeltà.

Le stazioni, le piazze principali, le fermate dell'autobus, le strade della periferia e i parchi dove giocano i nostri bambini sono l'habitat di un essere da noi crudelmente dimenticato; i piccioni.

Pensare ai piccioni può sembrare strano, forse perfino crudele. Alla fine dei conti siamo stati noi ad addomesticarli. Un giorno, nella nebbia dei tempi, quando ancora Prometeo non era sceso dal colle per regalarci il fuoco, un uomo ebbe bisogno di portare un messaggio aldilà delle porte del paese natio. Convinse un piccione di portarlo, e in segno di riconoscenza, gli offrì qualche seme di grano che riposava nelle vicinanze dell'aia di casa e qualche coccola gentile.

Il piccione sapeva di aver guadagnato un amico, e lo accompagnò per sempre. Chiese ai propri figli di riprodurre le condizioni del primigenio patto con gli umani per sempre. Atene era piena di piccioni. Anche Roma. Anche New York. Anche questa stazione, Bologna Centrale. Li abbiamo invitati noi.

Ci vedono dai tetti, ci aspettano quando scendiamo dal treno sui binari. Vorrebbero essere difesi dalle poiane. Non capiscono che cosa è successo, sperano di stringerci ancora una volta ma noi siamo sfuggenti. Loro si fidano, costruiscono i nidi nelle vicinanze delle nostre case, e noi chiediamo ai nostri bambini di non toccarli. Notano che, quando dobbiamo scegliere uno stemma cittadino, optiamo per i leoni e per i lupi, che ci odiano e vivono lontanissimi da noi. Penseranno, chissà, che hanno fatto qualcosa di sbagliato, che siamo offesi.

Non saranno al corrente del fatto che quando vediamo i nostri schermi, perlopiù li stiamo sostituendo nel loro compito fondamentale. Penseranno anche che non abbiamo più bisogno di comunicarci con le lettere. O forse penseranno che ora siamo talmente tanti che tutti i nostri affetti sono nelle vicinanze, e non c'è più la necessità di inviare missive cartacee se possiamo vederci in questione di minuti. In pochi si saranno arresi. Forse alcuni poseranno sui telai delle finestre aspettando un compito da portare avanti con gioia. Aprono il becco, aspettando una lettera. Altri, con totale sicurezza, sono contenti quando vedono arrivare turisti per la prima volta nella propria città, e si sentono parte della nostra crescita.

Gli altri uccelli da noi addomesticati hanno deciso di rispondere l'oblio con più oblio. Se talora vi capitasse di toccare un passerotto quando non ha ancora sviluppato l'indipendenza dalla madre, notereste che sono ripudiati da tutto il gruppo. La mamma non li vuole più a casa, è motivo di vergogna il più minimo dei contatti con noi. Loro hanno capito che non sono più indipendenti, e vivono il barbaro dominio con attenzione, preoccupazione e cura. La lotta della sopravvivenza è per loro obbrobriosa, implica vivere nelle città nemiche. Implica mangiare le briciole nemiche, campare da soli in terre nemiche, non aspettare niente da nessuno. La rapina ai tavoli esterni dei bar non è altro che una vendetta, che un'aspirazione alla giustizia sociale.

E invece i piccioni…sembrano stare sempre vicini. Loro hanno visto tutte le cose che abbiamo fatto; le costruzioni delle nostre città, lo sviluppo dei nostri imperi, la scrittura delle nostre costituzioni, il decollo dei nostri razzi. Ci vedono anche tutti i giorni, quando ci baciamo innamorati nei parchi e loro stanno raccogliendo rami, quando immersi nel dolore e la noia ci lasciamo con durissime missive telefoniche e loro posano stanchi sui telai delle finestre, quando entriamo all'ospedale perché la famiglia si allarga e quando usciamo dall'ospedale in una triste scattola mentre loro cercano di capire quale buco ha l'aria condizionata e quale no. E guardano preoccupati, attentamente, lo svolgimento delle nostre cose correnti. E vedono sé stessi, e forse pensano che partiti da condizioni simili non hanno fatto un granché. Forse per quello non ci danno più retta...siamo rimasti indietro. Chissà se ce la meritiamo, la loro amicizia.

I piccioni sono sempre in compagnia. Nonostante ciò, sono passeri estremamente solitari. Ci cercano con lo sguardo, con il corpo, con ogni loro piuma. E noi quasi mai restituiamo qualcosa del nostro remoto accordo. Spesso, non restituiamo nemmeno lo sguardo.

Sono seduto qui, nella stazione Bologna Centrale. Correnti di persone, ogni minuto, scendono dalle migliaia di scattole di ferro guardando infiniti schermi e sostenendo infinite conversazioni. C'è chi fuma, c'è chi parla al telefono, c'è chi verifica la schermata ogni due minuti.

Mangio una crescentina mentre aspetto il treno che, dalle tre e un quarto in poi, mi restituirà a casa. Sicuramente qualche briciola è caduta per terra. Un piccione mi si avvicina. Mi guarda, ma non sembra avere alcuna fretta nella raccolta delle briciole che eventualmente cadranno ancora. I piccioni guardano in maniera sostenuta, e sanno dove sono gli occhi umani. Questo mi guarda. Magari, spero, lo sta pensando. La crudeltà del maltrattamenti quotidiani gli ha fatto perdere qualche piuma, ma se Dio esiste lo sta pensando. Stamattina probabilmente una signora gli ha dato una bastonata, uno scolaretto un calcio, un adolescente l'ha puntato con l'elastico. Ma, secondo me, lo sta pensando.

— Lo ricordi. Anche tu lo ricordi.

Pedro Becchi

Gnocco fritto

Avevo già conosciuto Parma una volta. Nel 2019, ci andai con mia madre dopo essere stato invitato a un seminario a Palermo. La città mi apparve immutabile, pacifica e silenziosa. Le sue strade sono punteggiate di caffetterie dove ancora oggi servono raffinati dolcetti di ogni tipo. La famiglia di mio nonno era originaria di Polesine Zibello, un paese vicino a Parma. Mio padre porta con orgoglio lo stemma parmigiano sul petto; ci comprava le maglie della squadra cittadina e lasciava sempre a casa un pezzo di parmigiano.

Spesso ho qualche giorno libero tra i seminari, che uso per viaggiare. Il dottorato prevede fasi di lavoro teorico in lezione e lunghi percorsi di scrittura solitaria, con visite all'archivio e consultazioni varie. Avevo chiesto ai miei datori di lavoro di lavorare lunedì, martedì e mercoledì. Tra l'altro, dovevo compiere con gli orari da casa. Il famoso *smart working*. A me fa ridere l'espressione adoperata in tempi recenti. Se non sono intelligente quando lavoro in loco, che vi fa pensare che diventerò *smart* a casa?

Il fatto è che già dal giovedì ho poco da fare. Questa abile scelta mi consente di esplorare il nord Italia, considerando che Siena guarda verso nord ed è un po' isolata dal sud. La mia prima grande spedizione è stata a Bologna, dove ho finalmente incontrato la zia che non vedevo da un'eternità, portandole i saluti di mio padre. Io la voglio tanto bene, e torno a trovarla sempre che posso. Successivamente, ho visitato anche Rimini, Milano, Firenze e altre città toscane.

Venere è morta solo qualche settimana fa e mi sto riprendendo.

Ho un ricordo vivissimo di Parma: monumenti ai partigiani, targhe storiche, musica classica e giardini vastissimi. È il luogo ideale per alleviare il peso del mio cuore stanco. I miei amici e i miei genitori me l'hanno consigliata. Un viaggio nella terra degli antenati potrebbe rivelarsi un'ottima opportunità, e la vita tranquilla di Parma potrebbe aiutarmi a ritrovare la calma.

Dovrei scrivere alcuni articoli da consegnare tra due settimane; perché non farlo sdraiato sull'erba del Parco Ducale?

...

Un amico mi ha suggerito un appartamento vicino a Piazza Ghiaia. Il prezzo era molto conveniente. Ho prenotato qualche notte, e quando sono arrivato, sono stato accolto da un trentenne dal sorriso rilassato che mi aspettava nel cortile, circondato da tamburi e trombette che celebravano la liberazione dell'Italia. Indossava una camicia e pantaloni attillati, e secondo me era probabilmente napoletano.

— Allora, Pietro. La camera è tutta tua e hai anche un bagno privato. Se hai bisogno di lavorare al computer, la password è attaccata al frigorifero. Ah, un piccolo dettaglio: condividi la cucina.

— Ma non ti preoccupare. Sicuramente non cucinerò niente.

— C'è un altro ragazzo. Poi te lo presento. Sudamericano.

— Per me non c'è problema. Anch'io lo sono.

— Davvero? Pensavo tu fossi veneto o qualcosa del genere.

— Hahaha, beh, è una lunga storia.

— Questo a quanto ricordo è argentino.

— Anch'io lo sono.

— Guarda un po'!

— Eh, infatti.

Il mio nuovo coinquilino non è solo argentino, è chiaramente argentino. Cordobese, come si intuisce dalle prime tre parole che pronuncia. Serio, ma con un lato divertente. Conosco bene questo tipo di ragazzi argentini; la maggior parte dei miei amici è così. Abbiamo ordinato qualcosa da mangiare al ristorante all'angolo e ci siamo preparati un po' di mate.

"Cosa ne pensi di Parma?" chiedo.

— Di Parma? Sono qui da un anno e mezzo, lavoro da casa per un'azienda americana. La città è tranquillissima. Proprio immobile.

— Eh, vabbè. Io sono venuto per riposare.

"Hai fatto bene." rispose, mentre preparava un mate.

Iniziamo a chiacchierare del più e del meno: delle ragazze, della vita notturna, del calcio. Lui è tifoso del Parma. Abbiamo molto in comune; anche la famiglia di suo nonno proviene dalla zona del parmense.

...

Ero seduto alla scrivania, intento a studiare. Stavo preparando alcune lezioni online da presentare il giorno dopo. Mentre mi immergevo nelle parole di Umberto Eco, cominciai a canticchiare inconsciamente una canzone argentina: "Yo no sé lo que me pasa cuando estoy con vooos." Il tuo sorriso mi ipnotizza, il tuo sguardo mi disarma, e di me non resta nulla; mi sciolgo come ghiaccio sotto il sole. Era una canzone degli Auténticos Decadentes, una band che ascoltavo da bambino.

Il gusto musicale di Fede è davvero ottimo, pensai. Decisi di uscire dalla mia camera per chiedergli un brano tra i miei preferiti, ma sorprendentemente lui non c'era... e la musica non proveniva dalla sua stanza. Ascoltando attentamente, mi resi conto che il suono proveniva dal bar sotto casa. Scesi subito.

— Salve! Ma siete argentini?

Una ragazza bellissima dagli occhi verdi mi rispose dall'altra parte del bancone del bar:

— Il proprietario sì. La musica è troppo alta? Mi dispiace, ora ci penso.

— Ma non ti preoccupare! Amo questa band.

— Se aspetti un attimo arriva.

Quando lo vedo arrivare, capisco subito di quale tipo di argentino in Italia si tratti. Ciccione, alto e di occhi azzurri. La faccia è italianissima e ha, possibilmente, una quarantina di anni. Se devo indovinare, è un argentino figlio di italiani venuto durante la crisi del 2001.

— Sono il tano.

Nota dello scrittore: *tano* è l'appellativo che si dà agli italiani in Argentina da una centinaia di anni. Sarebbe una forma apocopata di *napoletano*. In due epoche diverse i napoletani hanno rappresentato una delle provenienze più numerose della migrazione italiana. Sono già presenti sul poema epico argentino *Martin Fierro* (1872):

¡Quién sabe de ande sería! *(Chissà da dove verrebbe*
Tal vez no juera cristiano,   *forse non era un cristiano*
pues lo único que decía,   *l'unica cosa che diceva*
es que era pa-po-litano   *è: sono pa-po-letano)*

Ci salutiamo con un bacio, all'argentina, e senza ulteriori chiacchiere mi dice: oggi c'è una festa, vieni?
— Volentieri!
— Alle 19 qui, ti porto io.
…

Un disastro totale. La festa fu un disastro, ma nel senso argentino della parola: ci siamo divertiti da matti. Il Tano si ubriacò da morire e sfidò dei bambini a biliardino. Lo batterono più volte, e lui, preso sul serio, si arrabbiò e si preparò alla sfida finale. Quattro contro uno, con i genitori che ridevano ai tavoli. Tra un colpo e l'altro, ordinava un'altra birra, come fosse in un film americano. "Non hai bevuto un po' troppo?" gli chiese il ragazzo della cassa. "Sarò io a dire quando è troppo!", rispose lui, ridendo.

Eravamo in una piccola associazione di quartiere, e si celebrava il 25 aprile. Un gruppo suonava i classici canti antifascisti, e io mi lasciai prendere dall'emozione, ripensando ai racconti di mio padre, che diceva di avere uno zio partigiano. Mi faceva sorridere il gioco di parole "partigiano reggiano." Mentre il Tano sfidava gli ultimi bambini agguerriti, io chiacchieravo con Maria, la ragazza rumena che lavora con lui. Mi confessa che, quando entrai nel bar chiedendo se fossero argentini, ebbe un attimo di timore: "Siete imprevedibili!"

Verso le 11:30, iniziai a chiedere in giro: "Dov'è Tano?" Nessuno l'aveva visto negli ultimi quindici minuti. Senza cellulare per chiamarlo e con Maria già andata via, mi ritrovo da solo. Un parmigiano partigiano reggiano, con un cappello del Che Guevara, si offre di darmi un passaggio. All'angolo di casa, ha quasi tamponato un'auto, e io, pur non facendomi nulla, rischiai di morire dalle risate.

A mezzanotte mi collegai alla riunione:

— Tutto bene, Pietro?

— Sì, sì. Stavo studiando un po'.

…

Il Tano si era infuriato perché non riusciva a battere quei ragazzini a biliardino. Era uscito per comprare delle sigarette, ma, non trovandone, tornò a casa, dimenticando completamente che era venuto con me, uno che non conosce la città e che doveva camminare più di tre chilometri per tornare a casa. L'altro giorno me lo racconta, mortificato. Soprattutto per l'ultimo dettaglio:

— Ero talmente ubriaco che mi sono addormentato in macchina. Mia moglie mi ha trovato lì verso le otto per svegliarmi. Mi dispiace, Pietrì.

Quando raccontai le vicende della serata a Federico, mi ascoltò incredulo. Secondo lui, Parma è la città più tranquilla dell'Occidente cristiano e questa era stata un'eccezione assoluta.

…

Stavo cucinando tranquillamente, preparando qualcosa da mangiare. Ascoltavo alcuni pezzi musicali che avevo scoperto la sera prima. Cominciai a piangere, colpito da una fortissima reazione allergica agli occhi. Strano, però, non stavo usando cipolla. Corsi al bagno a sciacquarmi il viso: gli occhi erano irritati e rossi.

Fuori casa si sentivano i postumi di una battaglia; in Piazza Ghiaia, a cento metri, si stava svolgendo il mercato della domenica. Federico mi ha detto che si trovano vestiti a prezzi davvero ragionevoli.

Mi affacciai alla finestra per capire cosa stesse succedendo. Gruppi di giovani correvano di qua e di là, alcuni si insultavano. Vidi un ragazzo picchiare a tradimento un altro che non si era accorto di lui. Gridai qualcosa per farlo spaventare, e subito tutti si diedero alla fuga.

Una vecchietta affacciata alla finestra di fronte a me mi disse: "Non ti immischiare".

— Cos'è successo?

— Non ho capito bene. Penso sia stato un problema tra migranti.

Scesi al bar, che stava chiudendo per evitare problemi, e lì seppi tutto. Due ragazzi avevano tentato di derubare un lavoratore del mercato, l'affare era degenerato in una guerriglia urbana. Bottiglie in aria, sassi e insulti. I carabinieri arrivarono poco dopo e usarono il gas OC per disperdere la rissa.

— Secondo me, sei maledetto, Pietrino mio. — disse Federico mentre rientravo in casa.

—O forse Parma non è la città tranquilla che mi hai descritto. — risposi.

…

A Piazza Ghiaia era stata organizzata una bellissima mostra gastronomica. Bancarelle da varie regioni italiane esponevano prosciutto crudo di Parma DOP, vini e dolci locali. Ogni tanto un gruppo musicale cantava, offrendo bellissime rivisitazioni di classici italiani.

Siamo andati a fare un giro per trovare qualcosa da mangiare. I cannoli siciliani del negozio lì accanto erano deliziosi. Il responsabile era un giovane siciliano con cui avevo stretto una conoscenza saltuaria; mi spiegò che la ricetta era quella autentica di famiglia e che aveva imparato il mestiere alla "sacra scuola delle nonne."

"Parma è tranquillissima, non so cosa sia cambiato in questi giorni," diceva mentre preparava la farcitura della sua opera d'arte.

Ascoltavamo jazz e assaggiavamo qualche dolce tipico. Invitai Federico a uscire quella sera, dicendogli che non conosceva ancora gli altri argentini, e che le serate in loro compagnia erano davvero divertenti. Pensavamo di fare un torneo di carte e mettere su della musica argentina.

"Siamo probabilmente gli unici due argentini di origine parmigiana," scherzammo, "onore alla nostra città."

Non l'avrei mai detto, ma Federico beve come un autentico godo. Il Branca nei suoi bicchieri sembrava acqua. Quella sera c'era tutto il gruppo: gli amici artisti del Tano, gli amici anarchici, una sua cara amica colombiana, Maria, che una volta chiuso il bar si unì a noi. Mi piaceva l'eterogeneità dei gruppi che si formano attorno agli emigrati: altrove, le persone diventano più flessibili.

Il Tano è un tano tipico: risponde perfettamente allo stereotipo. Grida, si arrabbia, ha un cuore immenso. Litiga con tutti: con la colombiana perché parla bene dell'Argentina, con gli argentini perché ne parlano male, con me perché non dico nulla, con l'anarchico per criticare Perón e ancora con me per averlo difeso.

L'amica colombiana mi chiese:

— Ma sai cantare il tango?

Non so se sono bravo, ma so che ho ascoltato diecimila ore di tango nella mia vita. Nonna Antonia è una tanguera DOP, e mio nonno era un gran ballerino. Maria mi chiese di cantare, ma risposi che ero un po' timido e avrei preferito farlo più tardi.

Mentre la mostra gastronomica chiudeva, a pochi metri dal bar del Tano, due ragazze cominciarono a litigare. Tutti noi osservavamo, cercando di capire cosa stesse succedendo. Sedie volavano, alcuni ragazzi tentavano di placare la rissa. Il tumulto si avvicinava, spingendo tavoli e sedie. Tano gridò che avrebbe chiamato i carabinieri, mentre due ragazzi cercavano di allontanare una delle litiganti. Le ragazze si insultavano in portoghese, facendo pensare fossero brasiliane.

L'incidente non rovinò la serata; si continuò a bere e a parlare di tutto. Al tavolo accanto, tre giovani discutevano di cinema. Uno degli amici del Tano è regista, e si mise a confermare o smentire tutto ciò che dicevano.

La ciliegina sulla torta arrivò qualche ora dopo. Tano decise che la serata era durata abbastanza: normalmente chiudeva il bar all'una, e ora erano quasi le tre. Nelle vie vicine si udivano voci indistinte, qualche urlo. Una ragazza gridava, e poco dopo vedemmo un ragazzo correre, barcollante.

— Prendetelo! Mi ha rubato!

Io e il ragazzo di Maria ci scambiammo uno sguardo: la decisione era presa. Corremmo a fermare il giovane.

— Dacci le cose — disse il fidanzato di Maria, il cui nome non ricordo.

— Va bene.

Senza resistenza, ci consegnò la borsa con tutto il contenuto e se ne andò camminando tranquillamente. Era evidentemente da solo, e lottare con due di noi sarebbe stato complicato, soprattutto nello stato di ubriachezza che mostrava.

La ragazza vittima del furto, seduta e spaventata, ci raccontò che il tizio l'aveva minacciata con una bottiglia rotta. Federico mi disse:

— Ma non ha opposto resistenza.

— No, infatti. Sai, in tante cose gli italiani ci superano: la gastronomia è eccezionale, la moda imbattibile. Ma i nostri ladri sono professionisti! Nessuno a Buenos Aires consegnerebbe ciò che ha rubato così facilmente."

Gli altri risero, la colombiana concordò. L'amico anarchico del Tano fece un commento sull'ironia argentina, che sembrava conoscere benissimo.

"Allora, ora puoi cantare il tango?"

— Va bene, chiudiamo la serata come si deve. — mi schiarii la gola e mi preparai per cantare. Scelsi Malena di Manzi.

Malena canta el tango

como ninguna

y en cada verso deja su corazón
a yuyos del suburbio su voz
perfuma
Malena tiene pena de bandoneón

...

— Pietro, ci rivedremo?

— Sicuramente. Quando avrò bisogno di riposare tornerò; Parma è una città tranquillissima.

Pedro Becchi

Una parola

Mi sono ormai abituato alla tratta Bologna-Siena. Devo recarmi spesso nella città dei portici, dove vive una parte della mia famiglia che ho conosciuto a fondo solo di recente. Il treno da Bologna a Firenze impiega circa un'ora e qualche spicciolo. Lo prendo a Bologna Centrale, dal piazzale ovest, e so esattamente dove attendere per trovare un buon posto. Poi, da Firenze a Siena, ci sono quasi due ore di viaggio. È un regionale che si ferma in quasi tutte le stazioni.

Sto frequentando i corsi del mio curriculum, ma anche altri: colgo l'occasione per approfondire argomenti che avrei voluto studiare nel mio paese. Non ho mai del tempo morto, ho sempre qualcosa da leggere.

Al centro linguistico mi hanno regalato alcuni manuali di glottodidattica. Le categorie mi sono familiari: A1, B1, C1. Le quattro abilità. L'articolazione del discorso, la produzione scritta e orale. Non smetto mai di studiare l'italiano. Cerco continuamente parole nuove, acquisto le ultime pubblicazioni della Crusca, prendo in prestito manuali della biblioteca.

Leggo uno di questi manuali mentre aspetto di arrivare a Firenze. Due signore bolognesi si siedono accanto a me. Mi salutano cortesemente, appoggiano gli zaini e iniziano a chiacchierare.

...

— Ieri ho dovuto portare il cane dal veterinario. Ancora una volta. Sono arrivata a casa dopo il lavoro e uno dei miei bimbi mi fa: mamma, secondo me Rocco sta male. Guarda, non ha mangiato niente in tutto il giorno. Il piattino è pieno. Amore, forse papà l'ha riempito mentre non c'eri!, ho risposto io. Ma erano preoccupati. Ho preso la macchina e l'ho portato subito. Anche se, secondo me, non c'era niente di strano, il dottore ci ha chiesto di fare qualche analisi perché considerava ci fosse la possibilità di una malattia gastrica.

— Minchia!

— Eh, sì. Veramente sono preoccupata. Nel 2019 lui aveva già avuto qualche problema... poverino il mio Rocco. Quando l'abbiamo adottato nel 2015 il ragazzo della veterinaria ci aveva detto di fare i controlli. Questa razza è particolarmente data alle malattie. Quindi ho chiesto a mio marito di portarlo, non volevamo restare con il dubbio. Quando ho fatto un po' di memoria, ogni tanto ha una tosse strana e ogni tanto sembra anche respirare con fatica. Guarda... mi conosci bene. Da quanto è che lavoriamo insieme? Due anni? Tre? Sì, più o meno. Tu sei entrata alla ditta con la ragazza peruviana. Prima della pandemia, o nei primi mesi. Io per i cani uccido e muoio, sono la mia vita. Niente, il punto è che dobbiamo fare le analisi e poi dare un vaccino per evitare le possibili infezioni.

— Caspita!

— Sì, lo so... l'infezione è una possibilità. Anche quella volta del 2019 che l'ho portato dal veterinario era successa una cosa simile. Gli studi? Benissimo. Ma dopo qualche settimana aveva quel coso verde sulla gamba... maledette infezioni. Mi conosci bene. Da quanto è che conosci Rocco? Un anno e mezzo, sicuramente. Vabbè. Hai visto che è un cucciolone, veramente non si merita queste cose. A me dispiace anche per i bimbi, che soffrono quando lo vedono male. E mi dispiace anche per mio marito... sai quanto costano queste analisi? Senza includere nemmeno il vaccino. Trecento euro dobbiamo pagare.

— Trecento euro... Cavolo!

Nota dello scrittore: a questo punto non ce la facevo più. Volevo ridere. Avevo spento la musica e leggevo con attenzione saltuaria. Ma non volevo interrompere la mia osservazione etnografica. Dovevo ancora raggiungere qualche conclusione prima di scendere dal treno.

— Eh, infatti. Mio marito stava risparmiando qualche soldo perché fra qualche mese vorremmo fare la vacanzetta in Sardegna. Sai chi mi ha consigliato di andarci? Dolores, la ragazza peruviana del lavoro. C'è andata con il moroso qualche mese fa ed è rimasta scioccata. Io da sempre quando voglio andare al mare scendo in Puglia. Quest'anno ho visto che c'era una villetta abbastanza economica vicino Alghero e ho detto... vabbè, possiamo variare un attimo. Quindi niente. Se mi danno una quindicina di giorni per scappare non voglio tornare con i soldi in tasca, me li voglio spendere tutti al mare. Ma la salute del Rocco è sempre prima, *of course*.

— A voglia.

— Uhhhh, attenzione al cartello. Dice che avremo un ritardo di venti minuti. Spero di farcela in tempo a prendere il pullman. Tu non dovevi prendere quello delle dodici e un quarto?

— Cavolo!

...

Una parola. Basta una parola. Deve essere quella giusta, inserita nel contesto profondo e complesso delle cose. È qui che sbagliano tanti manuali e schede didattiche all'estero. Nessuno ti dice che a volte una sola parola può fare la differenza.

Arrivato a casa, uno dei miei coinquilini iniziò a raccontarmi di una storia con una ragazza, finita male perché lei si era arrabbiata moltissimo per una sua risposta.

"Cavolo," dissi.

E lui continuò a raccontare la vicenda come se niente fosse.

Pedro Becchi

Gradini

Quando arrivai in Italia avevo paura di non avere una casa. Quella è l'unica paura dei viaggiatori; non avere una casa. Gli appartamenti si possono affittare. Anche le ville; anche i castelli e le fortezze. Gli alberghi hanno sempre una camera libera, gli *hostel* aspettano a porte aperte l'arrivo di nuovi visitatori. Ma le case non sono dappertutto. E, innanzitutto, non si possono affittare.

La Treccani non lo dirà mai, ma la definizione di casa non è *Edificio realizzato essenzialmente per scopo abitativo e residenziale*. No, non c'entra niente. La casa è il posto dove tornare. Dove si può tornare. Dove uno sente il compito essenziale di tornare. Dove uno arriva finalmente.

E io sapevo di essere arrivato a casa quando vedevo i gradini bianchi che si affacciavano sulla strada principale del nostro paesino rurale delle vicinanze della superba Siena.

...

La prima volta che mi sono seduto sui gradini conobbi Carmine.

Lui faceva una finta scenataccia con la *receptionist*. Io pensavo che stessero litigando davvero, e quindi sono uscito a fumare una sigaretta per ascoltare.

Ci siamo presentati ed è stato amore a primo sguardo. Ha dimostrato un interesse talmente genuino nei miei confronti che, all'inizio, pensavo che lui mi stesse prendendo in giro. Tutto me lo chiedeva, tutto lo voleva sapere. *Pietrino mio, voi come dite questo? Ahà. E questo verbo? Capisco. E quindi come sarebbe questa frase nel vostro lunfardo?*

Lì per lì ho cominciato a conoscere anche gli altri ragazzi. Io, che avevo attraversato l'oceano per frequentare alcuni corsi universitari, all'improvviso ero più impaziente per tornare a casa che per qualsiasi altra cosa.

Sui gradini si parlava di tutto; si confrontavano dialetti e regioni, si parlava di calcio, di ragazze, ci raccontavamo aneddoti e storie, ogni giorno condividevamo un pezzo di cultura. Poche volte in vita mia ho riso talmente tanto.

Carmine è diventato un dizionario *lunfardo* andante; tutti i giorni mi beccava sulle scale e usava, molto accuratamente, un'espressione che io gli avevo insegnato il giorno prima.

— Amore mio! *Hoy nos vamos de caravana?*

I miei amici argentini sono d'accordo; lui non è italiano, è argentino ma non l'ha ancora capito.

Sapevo che quel posto fosse casa mia perché nei primi giorni scoprivo ogni dettaglio con cura e fascino.

...

L'ultima volta che mi sono seduto sui gradini, sapevo che non avrei rivisto i miei amici per molto tempo. Alcuni, forse, mai più. Il tempo è spietato.

Senza accorgersene, ci si ritrova a lasciare le cose che si amano. Un giorno, senza sapere che fosse l'ultimo, abbiamo riso insieme, confrontato i nostri dialetti e spettegolato senza il pensiero di un prossimo aggiornamento.

Ricordammo per l'ultima volta quella sera in cui, ubriachi fradici, siamo tornati in residenza facendo un baccano tremendo. Per l'ultima volta ci siamo scambiati confidenze mai svelate.

Mentre tornavo a casa, raccontavo ogni tappa del viaggio ai miei amici come se parlassi con i miei genitori: sono arrivato a Roma, ho appena lasciato la stazione, tra poco prenderò l'aereo.

Capì lì perché quel luogo fosse diventato casa mia; quando finalmente entrai in casa, circa 50 ore dopo, un senso di disagio mi attraversò le braccia, mi rimbombò nelle orecchie, mi appannò gli occhi. Era la terribile astinenza dal mio mondo alleato.

...

Questo non è un racconto; non c'è finzione in queste parole. È impossibile riassumere le mille chiacchiere scambiate sui gradini. Non si possono racchiudere in parole tutti quegli sguardi che ci siamo rivolti.

Non è nemmeno un trattato. I tentativi di codificare una teoria dell'amore, dagli antichi ai moderni, sono sempre falliti. Chi potrebbe rinchiudere un sorriso? Chi vorrebbe intrappolare una voce?

Non è una poesia; neanche sotto ispirazione divina troverei parole adatte, e nessuna rima potrebbe rendere giustizia alle persone incontrate sui gradini.

È questo che mi hanno lasciato, ed è per questo che, nel mio vocabolario, la definizione di casa coincide con quella di gradini: in una sequenza, ciascuno degli stati intermedi che conducono gradualmente da un punto all'altro.

…

Mentre prendevo la macchina che mi avrebbe portato in stazione, li vidi per l'ultima volta.

Sotto uno spettacolare filo di rugiada che la notte prima aveva lasciato sugli alberi, preannunciando l'inizio della stagione delle piogge, tra i fiori bianchi che crescono vigorosi nelle fessure del selciato, illuminati dall'incessante splendore del ferro che solitamente adorna gli edifici di questo tipo, c'erano lì, mi hanno visto, mi hanno salutato, quei gradini bianchi.

A Edith

Credo che, quando mia nonna è venuta a mancare, non fossi ancora pronto ad affrontarlo. Ho realizzato di averla persa solo qualche mese dopo, tornando dalla facoltà. Come al solito, sono passato per il cortile di casa sua, e mi è venuta voglia di piangere. Riesco ancora a immaginarla lì, intenta nelle sue piccole astuzie. Fingeva di trovarsi sempre tra la vita e la morte e chiedeva a qualche passante di fare la spesa per lei. Ne sapeva una più del diavolo.

— *Carissimo... tu sei il figlio di Marta, vero? Non faresti un piccolo piacere ad un'anziana?*

— *Certo signora, cosa posso fare per Lei?*

— *Allora, vedi quel negozio all'angolo? Vai a comprarmi due birre e un pacco di sigarette.*

Più di tre anni fa mi sono trasferito in un nuovo appartamento e, dopo la visita di un capo cuoco amico di famiglia, ho iniziato a coltivare una vera passione per la cucina. Sfruttando le conoscenze gastronomiche dei miei fratelli, ho cominciato a cercare video, tecniche e approfondimenti sul tema. Così ho iniziato a riprodurre ricette che ricordavo dalle domeniche a casa della nonna. Uno dei piatti che sono riuscito a replicare sono i "chicchiricchiachi", spesso chiamati erroneamente "struffoli", un nome che, per inciso, non ho mai sentito dalla bocca di mia nonna. Ho preparato anche il ragù con la pasta e verdure qualche volta. La polenta fritta, poi, è uno dei miei cavalli di battaglia.

E poi, la sfida principale. Il maledetto tiramisù. Ci ho provato una ventina di volte a fare uno come quello che faceva mia nonna. Mi mancava sempre qualcosa, non riuscivo ad attivare il palato come lei l'avrebbe fatto. Ero solo in grado di proporre sapori nuovi e mi mancava un sapore antico. Ho provato aggiungendo la scorza di limone, il liquore, la nutella. Tutti gli abbinamenti e tutte le quantità possibili. E poi, finalmente, un giorno mi sono reso conto di cosa mi mancasse.

Seppur avesse lasciato la ricetta scritta da qualche parte, io non avrei potuto emularla. Mi mancano le rughe, la piaga, i chilometri infiniti, la sofferenza e la riaffermazione, la battaglia perduta e quella vinta.

Il tiramisù che facevo io non sarebbe mai stato come quello che faceva mia nonna perché mi mancava l'ingrediente principale: lei.

...

A volte guardo il cielo e gli chiedo di restituirmi l'ingrediente principale. Almeno per un po'. Almeno un attimo. Ho paura. Il tempo è un tiranno.

Il giorno che notai che facevo fatica a ricordare il tuo ridere, piansi. Innanzitutto perché ricordo la tosse, ricordo la fatica, ricordo il verso che facevi quando ti dovevi alzare.

Nei sogni mi vedi. Lo so perché anche io ti vedo. Edith, ti chiedo per favore. La prossima volta che mi vedrai, ridi.

Pedro Becchi

Una voce nuova

La sera del dì di festa mi ha colto di sorpresa.

Ero andato a giocare a calcio con alcuni conoscenti dell'università; avevano bisogno di un giocatore dell'ultima ora e, essendo a conoscenza della mia argentinità, mi hanno chiamato.

Non appena arrivai, dissi ai miei colleghi di squadra: io devo andare un po' prima della conclusione del torneo a casa. Oggi c'è una festa. Davvero? Di chi è la festa? Mia.

In ventisei anni di vita non ho mai avuto un compleanno nelle lontananze delle porte di casa. Ero un po' in ansia. Volevo che tutto andasse bene, dovevo cucinare pizze di tutti i tipi, e una delle ragazze si era occupata della torta.

Trascorsi l'intera giornata pensieroso, mentre giocavamo a calcio. Siamo riusciti ad arrivare alle semifinali; l'infortunio del nostro componente calcistico chiave ai quarti di finale appesantì troppo la vittoria, che è risultata pirrica. Eravamo tre sudamericani, due giapponesi e due egiziani. Il terrore giacobino del calcio europeo benpensante.

Quel giorno niente perdonai; mi sono buttato per terra ogni volta che mi hanno sfiorato con la punta di una scarpa, ho litigato con tutti gli arbitri, non ho lasciato che nessun pallone morisse da solo là dove finisce il campo. Se un rivale mi chiedeva un po' di acqua, facevo finta di rovesciare la bottiglia con un calcio involontario. Si torna con lo scudo o su di esso.

Tornai su di esso; dopo dieci ore sotto il sole mediterraneo e almeno cinque ore di esercizio fisico ero sul confine dell'esaurimento fisico. Alex mi prese con la macchina e andammo a fare la spesa. Io avevo lasciato i dischi di pasta pronti in cucina per fare le pizze rapidamente.

A casa, tutto era tranquillo.

…

Avevamo chiesto il permesso per festeggiare il compleanno nel parcheggio che c'è dietro la residenza. Due tavoli pieni di pizze, alcune birre comprate due ore prima e patatine. Carmine aveva portato la scatola per passare un po' di musica, gli altri arrivavano dalle 10 in poi. Il mio compleanno cominciava a mezzanotte. Io non ho mai festeggiato un compleanno in Italia. Non so cosa dire dopo lo stappo. Non so nemmeno se si deve dire qualcosa.

...

La mezzanotte è arrivata. Facciamo lo stappo. Io, che non sapevo che fare, ho improvvisato un discorso sull'amicizia. Se me lo chiedete, non saprei dire cosa ho detto nel particolare.

Praticamente sono arrivati tutti gli invitati.

La musica si intensifica.

Carmine ed io balliamo e cantiamo antiche canzonette napoletane. Le conosco molto bene; le cantavamo a casa, anche se nessuno era napoletano. Girolamo e Roberto stanno preparando chissà che sorpresa. Alcune amiche sono scese per salutarmi e, in certo senso, mi conferiscono la cittadinanza italiana ogni volta che mi salutano con i due baci. Sofia, ogni tanto, si arrabbia e dice giocosamente *ti devi stare zitto!* A me viene qualcosa, il nostro tipico *chito* l'hanno portato in America gli italiani.

La musica si intensifica.

Leo e Ale, ogni tanto, prendono la chitarra per cantare De André. Tutti mangiano, ogni tanto passano per farmi i complimenti. Secondo Biagio, le mie pizze non hanno niente da invidiare ai pizzaioli locali.

Si avvicinano altri amici della residenza per salutarmi; Ghofran e Mahvash mi hanno comprato un vino spumante e una tazza personalizzata con un personaggio che mi assomiglia paurosamente.

La musica si intensifica.

La Simona e la Silvia cominciano a ballare una pizzica; mettiamo la musica pugliese nella scatola e cominciano a ballare a ritmi sempre più elettrici.

Altri giungono il giro di ballo; tarantelle, pizziche e altre erbe. Io le conosco alla perfezione, quasi tutte le domeniche andavamo da qualche associazione regionale a mangiare.

Leo e Noe si avvicinano e mi consegnano un regalo: il Ritratto di Dorian Gray, di Wilde. Lui non lo sa, non ne ha idea, ma io l'ho letto con mia nonna tantissimi anni fa. Lo ringrazio e mi si scappa una lacrimuccia. Lui è sorpreso.

La musica si intensifica.

Io guardo il tutto, e guardo me. Guardo Carmine, che mi guarda.

Madonna, quanto sono stato idiota.

Era talmente palese, ma io non riuscivo a rendermene conto.

Sono mesi che cerco mia nonna guardando il cielo. E l'ho sempre avuta davanti ai miei occhi; vive in ogni parola, ogni ballo, ogni libro, ogni sguardo che ho avuto con voi.

…

Sono passate tre ore. Non sono ancora riuscito. Non posso smettere. Guardo il libro che mi hanno regalato, guardo le foto, mi mandano i video della sera precedente.

Mi guardo allo specchio. Piango come un bambino.

Pedro Becchi

Terza parte: una voce possibile

Trucco

Dicono che sia impossibile riassumere tutte le caratteristiche di un popolo in un unico prodotto. Non è vero; l'*essere argentino* può essere riassunta nel *Truco*.

La struttura del gioco è semplice; ognuno ha tre carte. La scala dei valori va dagli assi di spade e bastoni, le carte più potenti, ai quattro, le carte più deboli. Ancora oggi si dice che qualcuno è un "quattro di coppe" per dire che non conta nulla.

Nella prima parte del gioco, ogni giocatore è abilitato a chiamare l'*envido*, una sorta di invito. Se si hanno due carte dello stesso seme in mano, si deve sommare il valore individuale per ottenere una cifra che combatterà contro la cifra nemica. Al totale della somma si devono aggiungere venti punti; se in mano ho un sette di bastoni e l'asso di bastoni, avrò un *envido* di ventotto punti. Il vincitore si assumerà i due punti dell'*envido*. Sotto il sospetto di avere un *envido* potente, si può alzare la scommessa. *Envido envido, real envido* e *falta envido* valgono quattro, sette e tutti i punti possibili, rispettivamente. La parola ha un valore evocativo; non si può pronunciare il nome se non si chiamerà. Chi dice *envido*, deve giocare a *envido*. Una volta pronunciata la parola, l'avversario deve dire, senza eccezioni, *quiero*.

Nella seconda parte del gioco, ogni giocatore è abilitato a chiamare il *truco*, che dà nome al gioco. Si deve vincere due su tre passi; se nel primo passo il mio rivale butta un due e io butto un tre vinco io, e devo inaugurare il secondo passo. Si gioca con i fatti e con i pensieri; si gioca con la realtà e con la possibilità. Devo guardare il mio avversario agli occhi e capire se ha veramente una carta potente in mano o meno.

Nelle sfumature di senso che prevede il gioco nasce la cattiveria argentina; se ometto una parola posso ingannare il rivale; se nascondo una carta posso guadagnare qualche punto in più, se sono in grado di convincere gli altri di avere una mano potente si tireranno indietro. Dall'altra parte, se gli altri capiscono che io sono un bugiardo devo pagare per i miei peccati.

Il *Truco* è un gioco da bravi. Non da bravi italiani, da bravi manzoniani. Devo sempre convincere Don Abbondio di ritirarsi senza mostrare le pistole.

Si potrebbe definire anche come un gioco non atto per ignavi; è impossibile non prendere posizione quando si gioca a *Truco*. Quelli che hanno pagato il non-schieramento in passato lo pagano anche nel presente: chi non parla, chi soltanto gioca, chi non fa né il bene né il male, non vincerà mai.

Il *Truco* è il gioco perfetto per Vitangelo Moscarda. Bisogna essere frammentario, non lasciar capire mai agli altri le proprie intenzioni e le strutture che guidano il nostro pensiero. Non si può essere uno, conviene non essere nessuno, è meglio essere centomila.

Si potrebbe anche dire che è un gioco boccaccesco; se mi capitasse di dover fuggire dieci giorni in un convento rurale, porterei soltanto il mazzo di carte. Le storie sarebbero soltanto un ornamento logico e aneddotico delle infinite partite che potrei fare con Filomena e Panfilo.

...

Rileggendo queste righe l'ho capito: non è diventato uno sport olimpico perché vincerebbero sempre italiani e argentini.

Pedro Becchi

La cognizione del dolore

Ero andato all'estero qualche giorno per visitare mio fratello. Lui abita in Scandinavia; ha abbandonato il freddo imperativo del nostro sud profondo scegliendo il raffinatissimo ghiaccio del nord sviluppato. La città dove abita è bellissima; la infrastruttura è pazzesca, i bambini giocano tranquillissimi dappertutto, le persone sono aperte e cordiali.

Quando sono capitato lassù mi sono sentito uno straniero a tutti gli effetti; abbronzato dal sole mediterraneo di giugno, con i vestiti piuttosto chiari, gli occhiali da sole e il berretto a coppola. Per strada, due ragazze mi chiesero se io fossi italiano. L'Italia era entrata in me come una forza incrollabile.

Lì ho notato una curiosità; quando non seppi rispondere alla domanda straniera di un passante, mi è venuto di parlare l'italiano. Mio fratello rideva, sorpreso anche lui dalla naturalezza della mia risposta:

— Ma ti rendi conto che gli hai parlato in italiano, vero?

L'ho realizzato solo dopo. È strano, in Italia sono argentino, ma altrove divento subitamente italiano. Specialmente negli altri paesi.

...

Arrivato a Pisa, il sole italiano mi accarezzò come mai l'aveva fatto. I suoi raggi bagnarono la mia pelle con un calore senza pari. Volevo parlare con tutti, ed è così che ebbi una conversazione con tutti quelli con cui dovetti interagire durante il mio arrivo.

Pregai alla prima Madonna che vidi per strada, comprai il primo gelato che vidi in una gelateria da quattro soldi, comprai un'edizione del Pinocchio nella prima libreria che beccai per la via principale di Pisa, mi abbandonai al desiderio di esplorare strade che già conoscevo, tornai a fare il turista interno nella Piazza dei Miracoli.

Seduto in una panchina, con una sigaretta a mezzo spegnere nella mano e un calendario che mi avevano regalato nell'altra, lasciavo che il sole mi abbracciasse la faccia, ed è stato proprio quel momento uno di rivelazione, come spesso abbiamo gli uomini.

Mi restano soltanto tre settimane in Italia. I cinque mesi sono stati cinque secondi. Nella vita anteriore, penso di aver vissuto due vite. Anche tre. Ma questi cinque mesi sono volati con la velocità degli aerei che vedo passare.

E poi, che c'è?

Presi il mio quaderno, e scrissi una poesia piccolissima;

Torre pendente,
non lasciarmi andare.
Da te seppi amare
di cuore e di mente.
Se il mio fato è lontano
non voglio saperlo,
neanche vederlo.
Firma un tuo paesano.

Cancellai le mie parole. Sono troppo innocenti. O chissà no. Ma come faccio a conoscere il mio dolore se non lo posso raccontare?

Pedro Becchi

Bancomat

La stazione dei treni di Milano è l'ecumene, il punto più alto, lo zenit di ogni fenomeno antico e nuovo dell'Italia. Una galleria dove tranquillamente potrebbero riposare tutti i quadri della natura morta fiamminga si apre nelle vicinanze della metropoli italiana definitiva. Piani e piani di strutture accumulate; negozi dipinti di rosa dove le biondine del tutù rosa filmano l'ultimo acquisto rosa per diventare virali su TikTok, binari grigi dove uomini grigi scendono con zaini grigi per arrivare in grigi uffici dove trascorreranno i grigi giorni che ancora devono passare, uomini di scarpe blu, appena saliti dal tormentoso mare blu, guardando il cielo che, forse un giorno, sarà sempre più blu.

Nella terminologia sociologica si parla di non-luoghi; posti che sono uguali ovunque. Non sono d'accordo; la fauna e la flora milanese occupano un posto molto speciale nei libri di tassonomia urbana. Milano vibra, batte, trema, cresce come lo fanno i cuccioli, in maniera sproporzionata, senza un controllo totale su tutte le parti del corpo.

In un atto di irresponsabilità assoluta, avevo bloccato la carta di debito. Non potevo più pagare con essa, anche se ero ancora in grado di prelevare. "Alla stazione di Milano ci saranno sicuramente bancomat," pensai. Le indicazioni, però, erano confuse: secondo Google Maps mi trovavo nei paraggi, ma non riuscivo a individuarlo. Chiesi a un'impiegata, che mi indicò la direzione: "Scenda le scale per due tratti. È proprio lì sotto." Ottimo.

Arrivai al bancomat con la carta e il cellulare in mano. Non c'era nessuno, tranne un signore milanese che, armeggiando tra le opzioni, perdeva lunghi minuti davanti allo schermo. Tentava una scelta, poi tornava indietro. Mi offrii di aiutarlo; aveva dimenticato gli occhiali.

— Non si preoccupi.— mi disse.

Va bene, si prenda tutto il tempo del mondo, pensai. Tanto non è che ho fretta, non è che devo prendere un treno. Mentre lui sistemava i variegati conti personali, mi sono messo a parlare al telefono. Uno dei miei amici voleva sapere come fosse andata la giornata; avevo avuto qualche riunione di lavoro in una fondazione. Traducevo dall'italiano allo spagnolo, e finalmente conobbi gli uffici dove si facevano le edizioni degli articoli. Una volta finito il prelevamento, il signore se ne andò. Due o tre minuti dopo, chiusi la telefonata per ritirare i miei soldi.

Mi avvicinai al bancomat, e notai subito che sulla macchina c'era un mucchio di banconote. Lo presi; erano più o meno cinquecento euro. Il signore, pensai. Madonna, il signore. Era già sparito. Chissà dov'è andato. Colsi il mucchio e cominciai a correre nella ricerca dell'ignoto signore milanese. Forse deve comprare i medicinali, forse deve fare un viaggio, pensavo.

Primo tratto di scale; non ci sono notizie. Secondo tratto; neanche. Niente, nemmeno un'ombra sua. Sui binari, nella lontananza, lo riconobbi grazie al suo cappello grigio. Gli corsi incontro per restituire la vitale cifra.

— Signore! Ha dimenticato questo!

Il signore mi vide agli occhi, guardò il mucchio e, estendendo la mano, lo prese in un gesto piuttosto spensierato.

— Ah, sì.

...

Sul treno Bologna-Firenze, circa tre ore dopo, mentre leggevo Pirandello, un pensiero improvviso mi attraversò la mente:

Non mi ha detto grazie.

Pedro Becchi

L'innominato

Tutti i giorni, in maniera monacale, mi alzo verso le 8 e leggo un po' di storia. Una volta che è finito il cappuccino e i biscotti sono già troppi comincio a diventare energico. Per fortuna il nostro paese è un insieme di salite e discese; una chiesa governa l'unico colle degno di menzione e c'è un cammino che scende con rigore tortuoso ad una radura dove un ruscello divide il terreno in due. Corro tutti i giorni, corro scappando dalle cose che mi perseguitano nei sogni e per arrivare nel domani. Corro perché posso farlo, perché secondo me chi ha disegnato gli sfondi di Google si è ispirato alla bellezza ineffabile di questo paese nei dintorni di Siena.

Nelle vicinanze dell'umile chiesetta dove sono entrato un paio di volte per salutare la Madonna abita lui. Un poco più di una settantina di anni, un cappello che ricorda tempi migliori, occhiali grandi come nelle foto degli anni ottanta. Cammina con il suo bassotto, e non saprei dirvi chi dei due è il proprietario. Tutti e due salutano con la parsimonia degli uomini che hanno visto tutto, e io restituisco il saluto con rispetto e gioia.

Con i ragazzi spesso giochiamo a calcio nel campetto che c'è accanto a casa sua. Il signore ci osserva, immobile; spesso si siede a guardare le nostre partite mentre legge. Nessuno di noi è Maradona; il pallone è caduto nel suo giardino almeno una quindicina di volte. L'uomo si alza aiutandosi con il suo bastone, cammina tranquillamente per prenderlo e ce lo consegna, accompagnando l'intera azione con un sorriso timido.

Dopo qualche mese abbiamo finalmente parlato. Abita da solo, i figli lo visitano per occasioni speciali. Un giorno, mentre io tornavo dalla solita corsetta, si è offerto a darmi una bottiglia di acqua. L'ho accettata di buon grado. Ricordo benissimo quel giorno; è la prima volta che abbiamo stretto le mani.

Una volta mi vide piangere, io mi ero lasciato qualche giorno fa. Le sue parole venivano dall'antichità del mondo: "Non so cosa Le stia succedendo, ma Le assicuro che starà molto bene". Io avevo avuto una giornataccia.

Nonostante i gesti affettuosi, non ho mai osato dargli del tu.

Luglio è arrivato, e con lui il tempo degli addii. Il campetto era diventato teatro di feroci battaglie di calcio e pallacanestro. Girolamo ha buttato una pallonata che io ho risposto con un tiro potentissimo. Il pallone è finito, ancora una volta, nel giardino del signore.

"Non ti preoccupare, io lo conosco". Dopo bussare alla porta qualche volta, lui uscì. Era taciturno.

— Scusatemi, ragazzi. Questa volta non vi posso aiutare. Non so se vedete, ma è caduta dalla parte della vicina. La signora è in vacanza, e non oserei entrare nella sua parte del giardino.

— Si figuri. Quando ritornerà la signora, passeranno a riprenderla i ragazzi.

— E Lei?— mi chiese.

— Io devo partire, devo tornare nel mio paese.

— Ah, quindi Lei non è italiano. Capito.

Tornammo a casa. L'altro giorno decisi di fare un'ultima corsa per salutare il paesino. Passando davanti alla sua finestra, mi vide e, aprendo la porta, mi chiamò.

— Allora sta tornando al suo paese? — mi interrogò, mentre sistemava una pianta del suo cortile.

— Sì, almeno per un po'.

— E tornerà in Italia?

— Non lo so. Magari.

— Volevo ringraziarla.

— Perché?

— Per avermi salutato sin dal primo giorno. Abito qui da vent'anni. Alcuni vicini ancora non mi salutano.

Ci stringemmo le mani per l'ultima volta, e non potei evitare di emozionarmi un po'. I miei amici ridevano; avevo dato l'addio a tutte le persone significative di questo percorso in Italia e non avevo mai pianto. Ma lui mi aveva rotto il cuore.

...

Il suo nome... non conosco nemmeno il suo nome, pensavo già sull'aereo

Pedro Becchi

Vuelvo al sur

Da noi, quando un amico diventa padre, è comune fare una battuta passivo-aggressiva. Se qualcuno chiede "Secondo te, somiglia al padre?", rispondiamo: "Non saprei, non conosco il postino." La domanda sull'identità del neonato, implicita in quella sulla somiglianza, è così ironica da trasformarsi in uno scherzo che esprime l'affetto che proviamo per i nostri amici.

Il successo di questa battuta sta nella sua artificiosità e nel richiamo a un topos tipico delle storie di tradimento nel tango. È così palese che il postino non sia il padre che finisce per farci ridere. Eppure, in fondo, il postino è sempre lì, è un personaggio che potrebbe benissimo avere una tresca con le nostre mogli.

…

Sono a Spaccanapoli. L'ultimo mese in Italia ho voluto conoscere il Meridione con i miei amici meridionali. Carmine mi ha portato in Campania, Simona in Puglia, Girolamo in Calabria. Su una stradicciola delle vicinanze della stazione si apre una galleria di bancarelle con prodotti contrabbandati.

A Napoli puoi pagare dieci euro per quattro pacchi di sigarette; è insolito. Un livello simile di libertarismo ascoso, vibrante e terzomondista è presente sulle strade di Buenos Aires: nel quartiere di Once puoi trovare l'universo intero e lo puoi pagare anche meno di dieci euro. Se qualcosa non si può comprare, semplicemente non esiste.

Carmine mi presenta il *cursus honorum* della città. Nelle vicinanze dei Quartieri Spagnoli un pizzaiolo ci fa assaggiare un cornicione direttamente sceso dal cielo. Gli racconto che sono nato in Argentina:

— Non ti credo.- mi disse.

— Come mai?

— Spesso i turisti lo dicono per avere qualche sconto alla fine del pranzo.

Poche volte mi sono sentito talmente a casa. Io non capisco ancora il rapporto; se siamo noi una colonia napoletana d'oltremare o loro hanno volontariamente accettato il nostro barbaro dominio.

...

Le ragazze meridionali condividono un tratto decisamente nobilitante: sono bellissime, ma hanno lo sguardo stanco. Le napoletane, le tarantine, le calabresi, le salentine.

Sono tutte ragazze di una bellezza esorbitante, travolgente, al di là di ogni buon senso. I loro bigodini danzano al suono dei passi dei tacchi alti, sono la risposta di Dio al degrado urbano e alla disuguaglianza territoriale, e hanno tutte gli occhi stanchi. Occhi chiari, occhi scuri, nasi più grandi e più all'insù. Alcune con più trucco, altre semplicemente delineate. Scendono dai treni guardando lo schermo con la serietà di chi lavora all'ospedale e riceve una notifica dal lavoro. Aspettano i fidanzati negli angoli delle città meridionali con le braccia incrociate, come se stessero aspettando da una vita. Sembra che abbiano vissuto due vite, o tre.

Ed è così; quando si nasce a sud si vive due volte perché spesso si deve fare le cose due volte.

Figuratevi da noi, che siamo solo a nord del continente antartico.

...

La nonna di Girolamo non ricorda mai il mio nome. Sono rimasto da lei cinque giorni e non ha ancora conservato il mio nome nella testa. Antonio, cosa vorresti mangiare? Giovanni, domani sicuramente preparerò la pasta. Giuseppe, che fai? Studi? Dai, vieni a tavola che Sabatino ha portato qualche focaccia da assaggiare prima del pranzo.

Girolamo ride, il mio nome è straniero e lei continua a provarci con le opzioni dell'elenco infinito di nomi italiani. Lei parla il dialetto e io rispondo in italiano, e una delle prime volte che abbiamo interagito ha detto "Ma lo spagnolo si capisce bene!".

Per me lei è il punto più elevato della civiltà: non ricorderà mai il mio nome ma ricorderà sempre che a colazione prendo un cornetto e dopo mangiare la pasta faccio la scarpetta. Le nonne hanno la civiltà tra le mani, e i manuali di storia non lo diranno mai.

Seduti insieme, mentre Girolamo si preparava prima di uscire, la nonna me lo chiese:

— Secondo te, lui ha la fidanzata?

Non so cosa rispondere; dico che c'è qualcosina ma non sono in grado di fornire altri dettagli. Forse è meglio parlarne direttamente con lui. Mi guarda e mi convince: guardi, ha la ragazza, ma non è ancora una cosa seria.

— Spero per il bene di entrambi che non vi piaccia giocare con le ragazze. Nessuno che gioca con le ragazze ha il permesso di venire a casa mia. Il cuore delle ragazze è qualcosa di cui bisogna prendersi cura, qualcosa che non merita di attraversare l'oscurità dei ragazzi.

Finito il discorso, la nonna mise una cotoletta nel piatto di ognuno. Ci guardava in maniera sostenuta. Nessuno rispondeva. Dopo cinque minuti, decisi di rompere il silenzio:

— Non giocherei mai con il cuore di una ragazza.

— Bravo, ora mangiate.

…

Ogni tanto, nei corsi di storia, mi chiedono sull'origine culturale dell'Argentina. Io non ho nemmeno un'ombra di dubbio; ho conosciuto finalmente il postino.

Pedro Becchi

Il Vittorio Furioso

I padri del sud sono padri argentini in potenza. Era da molto tempo che Carmine diceva che io dovevo conoscere Vittorio. Sono sceso in Campania con il solo compito di conoscere la sua famiglia. Napoli era, alla fine, una scusa per giustificare il tragitto.

Montecorvino Rovella è un paese magico che ricorda cent'anni di solitudine. I colli, le salite e discese, la via centrale che apre il monte costellato di gente del posto e di attività commerciali. Gli abitanti, anche quelli che hanno meno di vent'anni, credono di viverci dall'ombra dei tempi. Le persone si nascondono. Non dai vicini, ma dalle dicerie del paese, che diventa mondo più che mai.

Ero arrivato a luglio, quando faceva un caldo da morire. La famiglia Furioso mi aspettava con un cocktail fatale di prodotti locali; mozzarelle, insalate, panificati. Di fronte a me sedeva Vittorio.

— Ho preparato *o vin ca a percoca*. Attenzione, c'è *a percoca int'o vino*. Quando lo finiamo, le mangiamo.

Vittorio beveva il vino come se l'acqua fosse. Mi sono fidato di lui, e dopo due bicchieri sono quasi caduto nel mio tentativo di entrare al bagno.

Dopo qualche minuto è cominciata la *curda*. Denominiamo *curda* l'atteggiamento degli ubriachi argentini che tendono a cantare il tango e parlare d'amore. Vittorio e io condividiamo una passione: amiamo la musica napoletana. Maruzzella, 'O surdato 'nnammurato, ma anche il neomelodico attuale.

Carmine era già partito per il lavoro, e Vittorio mi portò nel paese per conoscere un po' i negozi.

Siamo entrati nel primo negozio, a comprare qualche dolcetto:

— Questo è Pietrino, l'amico argentino di Carmine.

— Piacere! Come Maradona!

Quando misi la mano in tasca, Vittorio mi guardò fulminante. "Non pensarci nemmeno".

Siamo entrati nel secondo negozio, si faceva il caffè:

— Questo è Pietrino, l'amico argentino di Carmine!
— Piacere caro! Che bello! Da che parte vieni?

Non c'erano più sfogliatelle, e dopo salutare abbiamo continuato il nostro percorso campano verso il bar dove lavorava Carmine.

Siamo entrati nel terzo negozio. Vittorio mi abbraccia mentre camminiamo:

— Ciao ragazzi, questo è Pietrino.

Gli uomini del bar si alzavano per salutarmi, quando all'improvviso Vittorio aggiunse:

— È un mio amico argentino.

Quando Carmine ci vide entrare nel bar dove lavorava tutte le sere dell'estate, ebbe qualche sospetto. Io non sono amico di Carmine, sono amico di Vittorio. Lui mi ha chiesto il favore di accompagnare i suoi figli di quando in quando.

— Due Negroni, per favore.

…

Il richiamo al realismo magico di Montecorvino è notevole. Tutte le sere accade qualcosa di divertente; ieri sera due ragazzi mi offrirono un lavoro. Dovevo tradurre una conversazione tra italiani e spagnoli, e mi sarei guadagnato una centinaia di euro. Qualcosa, però, mi disse di non andarci. Hai fatto bene, diceva Carmine. Come nei racconti del realismo magico, la linea che divide gli aneddoti divertenti del pericolo è piuttosto inesistente.

Anche Vittorio lo diceva; hai fatto bene. I personaggi stranieri a Montecorvino hanno lo stesso velo di mistero che avrebbero a Macondo.

Ci portò in stazione perché noi andassimo a vedere Napoli. Nel frattempo avevamo contrattato due mercenari montecorvinesi per accompagnarci. Non c'ero mai stato, e non potevo morire ancora. Ora sì, posso morire.

...

In un tempio della Madonna in mezzo al monte, dove i fratelli Furioso giocavano quando erano piccoli, lasciai un rosario di mia nonna. Era rosa, con una croce di ferro e un Santo Cristo minuziosamente confezionato. Mi aveva accompagnato per tutto il viaggio, e volevo che ci restasse. Martina, sorella Furioso, pianse.

Il tempio è di una bellezza atroce. La Madonna guarda il bosco da dietro una cascata che fluisce capricciosa sui sassi che il tempo regalò al posto. Un signore passeggia con un cane alla ricerca di qualche tartufo.

Centinaia di anni fa, la Madonna si è apparsa. Anzi, fece nevicare sulla zona per far capire il suo desiderio di edificare un santuario sotto il suo altissimo patrocinio.

Quando tornammo a casa, Vittorio mi aspettava con una sorpresa: mi regalò la sua sciarpetta della Salernitana, squadra dei suoi amori.

Scattammo una foto insieme, e la inviammo subito ai nostri amici senesi. L'effetto risultante era divertentissimo; lui sembrava il presidente della squadra con cui io avevo firmato un contratto per giocare altri due anni.

...

Tornando sulla macchina quella sera, Martina mi disse:
— Papà non ci ha mai lasciato toccare quella sciarpetta, Pietrino.

Calamità

Sgradevole sarà stata la sorpresa del signor Erik Herjolfsson quando, appena arrivato all'albergo in quella afosa giornata di mare a Tropea, vide che quel venditore aveva osato rompere il primigenio patto tra usufruttuari dello spazio altrui e i locali che cercano di guadagnarsi un soldino in più.

Dentro la bustina blu di carta colorata unita a dure pene con l'adesivo scotch non c'era niente di simile ad una descrizione della soleggiata Tropea. Ma era già troppo tardi; quando arrivò sudato alle porte del posticino dei souvenir non c'era più nessuno. E l'altro giorno aspettavano lunghissime ore mattutine di treno Intercity che lo porterebbero a Roma Fiumicino e che avrebbero impedito il suo legittimo reclamo. Tale fu il disgusto del signor Herjolfsson che quella sera appena guardò il suo piatto di pasta, non toccò affatto il bicchiere di vino Marsala e, naturalmente, non immaginò nemmeno di fare la scarpetta.

Non appena il cameriere portò via le ultime briciole, il signor Herjolfsson tirò lentamente fuori dalla bustina l'oggetto del suo orrore, facendo vedere agli impavidi bambini biondi il motivo della furia inusitata; una montagnina chiaramente fuori contesto con una scritta dantesca: "Pescocostanzo".

...

La nascosta fabbrica di calamite di Silvanera, in un posto non identificato della Lucania storica, è probabilmente uno dei punti più caldi del pianeta. Il primordiale compito da portare avanti è mantenere l'illusione del chilometro zero. La fabbrica delle calamite era un luogo di fervente attività, dove centinaia di operai lavoravano senza sosta per produrre le piccole opere d'arte che adornavano i frigoriferi di mezzo mondo. Le calamite raffiguravano ogni angolo d'Italia: dalle gondole di Venezia al Colosseo di Roma, dalle torri di San Gimignano alle coste della Sicilia.

Ogni pezzo era meticolosamente etichettato e impacchettato con il nome della località di appartenenza, garantendo così l'autenticità del ricordo. Migliaia di pezzi minuscoli, mediani e grandi escono a catinelle dai forni aspettando definizione cromatica e lettere indicative. Montagne, mari, fiumi, palazzi storici indefiniti, piazze, ma anche posti dell'immaginario comune come la Torre pendente o il porcellino. La macabra danza di ignoti prodotti è ben custodita da un primo cerchio di lavoratori manuali che devono completare le calamiti seguendo le richieste di ogni ente turistico comunale dell'Italia, mettendo a posto il nome turistico con l'immagine più adatta e i colori della stagione, e un secondo cerchio di carabinieri che fanno turni di più di dodici ore che trascorrono tra il cortile, gli spazi interni e gli uffici.

In forma quotidiana ministri di cambiante gerarchia passano per la fabbrica chiudendo le richieste regionali e locali. Si può notare anche la presenza di alcuni dipendenti della linea statale di treni, che dovranno poi portare i prodotti ad ogni località, dato che l'amministrazione preferisce i privati lontani dall'argomento.

Questo incontro di strati del mondo burocratico è il colpevole del soprannome di Silvanera: il posacenere di Dio.

Sono già 5764 giorni senza gravi incidenti; nel 2009 un signor cinese picchiò un venditore di Gubbio che non aveva calamite disponibili nel suo negozio. Il signor credeva di avere riserve materiali sufficienti per un certo periodo, ma una compra inaspettata da parte di una ragazza del Silicon Valley cambiò all'improvviso i piani, e la fabbrica di Silvanera non riuscì a portare ulteriori calamite in tempo e forma. La stampa fece il suo lavoro convincendo il grande pubblico di un'eventuale confusione interculturale, anche se qualche giornalista cercò di andare fino in fondo senza grandi risultati. La fabbrica dovette pagare le vacanze del vecchio cinese per garantire il suo silenzio. Prima di questa brutta esperienza, la ditta aveva avuto una storia piuttosto pulita.

Durante una partita degli europei di calcio, il lavoratore n° 932, pugliese, di 58 anni, in carica dal 1987 attraverso il concorso pubblico 412/86, con sposa e figli, commise l'errore iniziale. Pigramente si spostò di qualche metro per rivedere la ripetizione del primo gol contro l'Albania etichettando la prima scatola con un codice postale sbagliato. Siccome non era mai successo e le scatole non rispondono a un ordine alfabetico, alfanumerico, numerico o quel che sia ma a un ordine logistico di uscita dei treni, tutta la produzione del mese finì in un altro posto. La macchina statale-ferroviaria-postale era talmente precisa nell'esecuzione storica di questo compito che nessuno tra i migliaia di lavoratori impiegati si fermò nemmeno un attimo a controllare il contenuto del proprio pacco.

…

La confusione si manifestò immediatamente. I turisti, giunti in ogni angolo d'Italia, erano soliti acquistare le calamite come testimonianza del loro viaggio. Ma quando iniziarono a trovare gondole veneziane nei negozi di souvenir di Napoli e il Duomo di Milano sulle bancarelle di Catania, scoppiò il caos. In pochi giorni, il fenomeno divenne virale sui social media. I visitatori, infuriati e delusi, inondarono la rete con post di protesta e immagini dei souvenir sbagliati.

Successe un disastro. E, come tutti i disastri, si svolse con intensità differenziali legate a fattori geografici, economici e culturali. Alcuni scambi erano stati veramente irrimediabili; come sappiamo dalla testimonianza del signor Herjolfsson le calamite di Pescocostanzo finirono a Tropea. Altri, invece, trovavano dei piccoli vicoli da dove scappare. A Roma, al secondo giorno di crisi turistica si poteva acquistare per 50 euro la calamita del Colosseo dietro la stazione di Tiburtina. Inglesi e tedeschi si sono scontrati come in altre epoche, e nel Trastevere sono apparsi i militari dopo moltissimo tempo. "Che faccio al mio rientro? Non posso manco vedere la porta del frigo bianca. Mi crederanno i miei ospiti quando dirò che sono stato a Bologna?" disse un turista alle telecamere, mentre faceva vedere una calamita con una mozzarella e la scritta "Salerno".

Alcune calamite erano finite in località relativamente vicine; è l'esempio dei souvenir di Siena che erano finiti a Perugia. Gli studenti delle università di quella città le compravano per romperli, giacché consideravano che l'Università per Stranieri di Siena fosse un rivale naturale.

Altre situazioni erano diventate davvero pericolose. I venditori di Lecce avevano ricevuto venti scatole di calamite di Bari, e dopo averle distrutte bruciarono una carrozza del treno di trasporto. I turisti di Taranto, desiderosi di ottenere le calamite, raggiunsero i manifestanti dell'ex-Ilva in una vera alleanza che ricordò i tempi del maggio francese. Dall'altra parte, venditori trentini e piemontesi si misero d'accordo rapidamente e si mandarono a vicenda i pacchi con regali, scusandosi per la confusione, giacché credettero di aver sbagliato loro nella richiesta dei prodotti.

Le aziende di trasporto, sia i treni dello stato che i pullman, subirono un'esplosione dei prezzi. Spostarsi da Prato a Firenze senza cambi raggiunse il prezzo di 90 euro in quei giorni. Migliaia di turisti, innanzitutto i nordici e gli anglosassoni, preferivano cambiare il biglietto di ritorno e fare una corsa di alcuni giorni extra per trovare il posto dove comprare i souvenir di tutto il viaggio.

La crisi raggiunse proporzioni tali da coinvolgere anche il governo. I politici furono costretti a intervenire per calmare le masse turistiche in tumulto. Il Ministro del Turismo convocò d'urgenza una conferenza stampa, promettendo che il problema sarebbe stato risolto al più presto. Intanto, la reputazione turistica dell'Italia era a rischio: i turisti, infatti, minacciavano di boicottare il paese, incapaci di dimostrare, attraverso i loro frigoriferi, di aver visitato le splendide località italiane.

Lo stato aveva ricevuto nel decorso di alcuni giorni una straordinaria somma di soldi proveniente dalla massiccia compra di biglietti di treno, e subito si ritrovò di fronte ad un problema di immagine pubblica. Ma non solo; i turisti asiatici e nordamericani si organizzarono per fare una grandissima causa contro lo stato sotto la figura del danno morale. In questi giorni, una giuria composta da rappresentanti di vari paesi deciderà se è legittimo o meno tale reclamo.

...

— Almeno così mi hanno detto. Io non ci credo, direi che sono solo teorie del complotto. Secondo te, lo stato italiano ha raggiunto questi livelli di organizzazione interna? Ma va, se ti fai una doccia di dieci minuti e poi non hai più l'acqua per tre giorni. Però, lasciami dirti una cosa: non si sa mai. Forse domani non vedrai queste calamite sulla bancarella. Quindi, sei euro mi sembra un prezzo più che ragionevole. Ragionevolissimo, avrai un pezzo di Palermo sul tuo frigo per meno di sette dollari americani.— disse il venditore al giovane che da quindici minuti lo ascoltava con grande stupore.

— Il resto è suo — rispose egli mentre poggiava una banconota di dieci euro sulla bancarella.

Pedro Becchi

Roma nun fa la stupida stasera

Probabilmente quella sarebbe stata l'ultima serata a Roma per un bel po'. Bisognava lasciare l'Italia. Dopo i mesi di tranquillità settentrionale, ci incamminammo per scoprire, finalmente, il Trastevere.

Non posso mentirvi: io c'ero già stato. Avete letto la storiella del ragazzo bengalese qualche racconto fa, ma se siete abbastanza gentili, possiamo tenere questo dettaglio tra noi. Grazie in anticipo. Per fortuna lei non legge in italiano. Ancora.

Ma torniamo a noi.

Una mia amica era ossessionata dai reel che parlano di esperienze gastronomiche particolari e innovative. Io, al contrario, preferisco il ristorante familiare, servito dai proprietari, che usa le olive del giardino e che non ha mai visto una fattura. In questo senso sono piuttosto tradizionale. Lei, però, insiste e mi chiede di verificare se è vero ciò che si dice. Qualche giorno fa mi ha inviato un nuovo video su Instagram, accompagnato da un "Se sei a Roma devi assolutamente andare in questo posto. Non perché sia buono, ma perché vorrei sapere se è vero quello che dicono".

Secondo lei, dall'altra sponda tiberina, nel profondo del Trastevere, esiste un ristorante chiamato "La Parolaccia". Come potrete intuire dal nome evocativo, è un locale dove la civiltà ha raggiunto la sua forma più pura e definitiva. I camerieri, infatti, sono autorizzati a insultarti. Anzi, è proprio il loro lavoro, e lo fanno con grande dedizione. Dal momento in cui attraversi il cortile fino a quello in cui te ne vai, verrai crudelmente ingiuriato e sbeffeggiato. Il negozio è anche riconosciuto per i suoi piatti di qualità.

L'innovazione c'è, inutile negarlo. Vediamo se si tratta davvero di un'esperienza gastronomica diversa.

Le strade del Trastevere sono decisamente buie, la segnaletica non è proprio il punto forte dei romani, e le stradicciole strette non facilitano l'orientamento. Ma quando abbiamo sentito una pioggia di bestemmie e insulti vari, abbiamo capito di essere arrivati.

Davanti alla porta di questo luogo oscuro, abbiamo chiesto un tavolo per mangiare trippa o carbonara; conosco entrambe e mi piacciono. Il cameriere, molto maleducato e visibilmente stressato, ci guardò male; il gioco era iniziato.

— Ma non avete prenotato? Mamma mia.
— No, non l'abbiamo fatto. Mi scusi, è un problema?
— Adesso sistemo.

"Sì, è maleducato, ma non è che ci ha insultato", osserva lei. Forse il gioco si sviluppa con intensità crescente, penso. Ci accompagna, con grande riluttanza, al nostro tavolo, dove ci sediamo tra sguardi complici e risate soffocate. Lei ordina la carbonara, io l'amatriciana. Il cameriere se ne va, mentre un altro, un signore dallo sguardo intenso, arriva imprecando contro il mondo a ogni passo.

— Cosa volete?
— Lei vorrebbe la carbonara, ma senza pepe.
— E perché?
— Non le piace.

Il cameriere si rimboccò le maniche della camicia, aggiustò il taccuino su cui annotava le ordinazioni e, con un gesto di sdegno e impazienza, aggiunse:
— Ho capito, ma nella carbonara er pepe ci va.
— Potrebbe portarlo a parte, così lei aggiunse quello che vuole mangiare?
— No, non posso. Non me ne frega niente, er pepe ci va nella carbonara. Ci siamo capiti?

Qualche minuto dopo il cameriere apparve con un piatto di carbonara abbondantemente decorato con pepe.

I piatti erano ottimi, devo ammetterlo. Sicuramente migliori di quelli dei ristoranti del centro dove, probabilmente, sono stato derubato dagli imprenditori gastronomici del turismo di massa. Immersi nella conversazione, ci siamo dimenticati del fatto di essere in un ristorante dove il personale è autorizzato (e abituato) a insultare i clienti. A Roma non si viene tutti i giorni, un po' di oblio era inevitabile e forse voluto.

Quando il signore è tornato per sparecchiare, gli ho detto che davvero avremmo preferito il piatto senza pepe, che non stavo scherzando.

Mi ha guardato dritto negli occhi e, facendo un gesto vago, ha detto:
— Ma sei scemo? Se ridi mentre me lo dici, come faccio io a capire?
— Non si preoccupi, il piatto era buonissimo comunque.
— Eh, certo che era buono.

Lei rideva, anch'io. Non potevo farne a meno; l'idea è originale e divertente. Devo ammettere che è geniale proporre un'iniziativa di questo tipo. Rompe gli schemi tradizionali della ristorazione, dove il cliente ha sempre ragione e non si possono contestare richieste simili.

Alla cassa, mentre pagavo in contanti, lei ha lasciato una generosa mancia sul tavolo. Io mi preparavo a raccontare l'accaduto alla mia amica. Eravamo soddisfatti: era stata una bella esperienza gastronomica e culturale.

…

Mi girai una sigaretta con il drummino mentre lei si accomodava il trucco di fronte allo specchio del bagno.

Attraversammo insieme la porta, e si accese una luce stradale che prima era spenta.

Grande, anzi enorme, è stata la nostra sorpresa quando siamo usciti dal ristorante e abbiamo visto finalmente il nome sul cartello:

"Da Gianni".

Pedro Becchi

La coscienza di Pietro

Non amo particolarmente gli aerei. Lo devo ammettere: la vicenda precedente è disgustosa e l'idea di volare in una scatola di ferro mi perturba leggermente. La gente, sugli aerei, tende a diventare più pesante di quanto lo sia nella vita quotidiana.

Non è difficile, dai, facciamo un ripassino insieme; prendi le tue cose, le metti dove ti dicono che le dovresti mettere, ti siedi e aspetti all'arrivo in destinazione.

Uno deve fare i conti con la propria incomodità al momento di volare, aggravata dalle scomodità altrui.

Niente nel processo è comodo; arrivare all'aeroporto che, perlopiù, è lontanissimo dalla città, comprare i biglietti che costano un occhio della faccia, fare lunghissime code carico come un mulo da soma, aspettare lunghissime ore senza poter muoversi dal posto perché, da un momento all'altro, ti chiamano per effettuare l'imbarco.

Come sempre, sono arrivato a Fiumicino ore prima dell'uscita. Ho l'abitudine di arrivare molto prima, fare le cose con calma, e aspettare leggendo un libro. Questa volta, però, devo aspettare un po' troppo.

...

Le tre ore di lettura sono state ostacolizzate dagli evidenti problemi di logistica all'interno dell'aeroporto, che coinvolsero alcuni cambiamenti di porta e l'eventuale spostamento di noi passeggeri.

La mia disperazione si è esacerbata quando ho visto che la signora che chiedeva tutto e di più nella coda prima di salire sull'aereo sarebbe stata la mia compagna di avventure per quattordici ore.

Non mi malintendete: penso di avere un debole per le signore. Ma il problema non era l'età della signora; mi era particolarmente dispiaciuta la forma di rivolgersi ai dipendenti dell'aerolinea, parlando esclusivamente in spagnolo e aspettando risposte in spagnolo che non arrivavano mai, con tono quasi signorile. Tra le mani, un passaporto italiano. Eh, vabbè. Non vorrei essere reazionario, chi sono io per giudicare i piani di Dio, ma se ha il passaporto potrebbe fare almeno qualche lezione prima di venire in Italia.

L'aria altezzosa del suo comportamento aveva generato una certa tensione, a lei ancora invisibile. Ogni tanto prendeva un dipendente dal polso e gli diceva: *pibe, falta mucho para subir?* I dipendenti saranno abituati, pensai. Anche gli altri passeggeri la guardavano con la coda dell'occhio.

Quando ci eravamo già accomodati sui sedili della nostra prossima mezza giornata, cominciò la pioggia di richieste: come faccio ad aumentare il volume della musica? le cuffiette me le date voi? necessariamente devo scegliere tra pollo e pasta?

Dopo i primi minuti, quando la calma già governava i corridoi dell'aereo che ci avrebbe portato nel lontanissimo sud del mondo, la signora mi fissò con sguardo inquisitoriale:

— *¿Podés creer que tarden tanto en traerme los auriculares?*

Io la guardai direttamente e, in maniera quasi automatica, dissi:

— Non saprei che dire, signora: non parlo lo spagnolo *(o meglio, faccio finta di non parlarlo).*

— Non sei argentino?

— Cosa? No, no. Italiano. Devo visitare qualche familiare in Argentina.

— Ahhh, che bello. Scusi se l'ho disturbata.

— Si figuri.

Non sono un bugiardo professionista, ma capì che ero arrivato al punto di non-ritorno. Ora non posso tirarmi indietro e dirle "guardi signora, sono argentino ma non ho voglia di parlare con Lei, sono tre ore che mi sta sulle scatole".

Non so perché mi sia venuta fuori una bugia come reazione naturale.

Uno dei dipendenti che passava, dopo aver ascoltato lo scambio, ha capito subito la mia strategia di difesa. Ridacchiava e, quando passava, mi parlava in italiano, per darmi una mano a recitare.

...

Le prime ore erano passate, e ci avevano detto che da quel momento in poi era possibile usare l'internet fornito dall'aereo. La signora mi spiava ogni tanto. La solitudine è, alla fine, un altro fattore da considerare nei viaggi oltreoceano. Si fece aiutare da un altro ragazzo per accedere alla rete interna.

Scriveva qualcosa sul cellulare, e vedevo che faceva fatica a elaborare ciò che desiderava comunicare. Dopo qualche minuto, mi mostra la schermata del traduttore:

Anch'io sono venuta per visitare alcuni familiari. Ti capisco. I viaggi mi innervosiscono. Sono venuta da sola e sono un po' nervosa. Scusami se ti ho disturbato. Spero ti piaccia l'Argentina.

...

Non posso tornare sui miei passi, parlare lo spagnolo con totale naturalezza e consolare quella vecchietta. Eh, no. Ma perché cazzo ho deciso di mentire così?

La signora prova a parlare con me aiutandosi con il traduttore. Io devo far finta di capire la metà delle cose e, ogni tanto, rispondo alla domanda originale. Vent'anni non sono niente, diceva il tango. Eh, beh. Provate voi a mentire così per sette ore.

Quando siamo finalmente arrivati a destinazione avevo paura di trovare i miei genitori subito in sala d'attesa, perché la signora avrebbe potuto ascoltare la nostra conversazione in spagnolo.

...

Sono passati alcuni mesi, e ancora penso a quella bugia prima di andare a dormire.

Pedro Becchi

Una voce possibile

Un giovane seduto in una poltrona legge un libro di Svevo e guarda le calamite che ha comprato dappertutto.

Le più brutte sono per Dalila, la mia migliore amica. Lei me l'ha chiesto così; vuole avere sul frigo soltanto calamite vistosamente brutte. A Reggio Emilia, a Rimini, nella lontana Torino, nella vicina Monteriggioni. In tutti i posti ho dovuto cercare imperiosamente le calamite meno dignitose possibili.

Le più belle, invece, sono per mia mamma. Particolarmente quelle che hanno un motivo animale; gufi, cinghiali, piccioni. A mia nonna ho comprato un rosario in tutte le chiese dell'Italia che ho visitato. Alcuni sono di colore azzurro, altri verdi, la maggioranza sono rosa.

Accomodo i libri nella valigia. Ho comprato classici e nuovi della letteratura italiana. Alcuni li ho letti anni fa, ma le edizioni disponibili nella biblioteca di casa vogliono andare in pensione. Questi nuovi li posso anche segnare con la penna, cosa che non oserei mai con le edizioni antiche, alcune delle quali discendono direttamente dalla biblioteca di mia nonna.

Mi tengo ogni cosa che rappresenti un vincolo con l'Italia. Biglietti, penne, profumi, note che mi lasciavano i miei compagni, le carte dei santi che regalano nelle chiesette rurali delle campagne italiane.

Il caffè è indispensabile. Anche se ne ho comprato uno piuttosto economico. Sarebbe ipocrita comprare uno costoso dopo questi mesi vivendo da studente. Aggiungo: pur se comprasse uno dei più raffinati, non avrei al mio risveglio nessuno dei miei coinquilini accanto a me per prepararlo con mano esperta.

Quindi, alla fine, chi se ne frega?

Vorrei avere un'enciclopedia del mio viaggio. Il mio sogno è quello di battere l'oblio.

Petrarca voleva trionfare sull'amore, sulla morte, sulla fama, sul tempo e sull'eternità. Anch'io lo desidero. Se in futuro la scienza scoprirà la maniera effettiva per estrarre i ricordi e metterli in una scatolina, io lascerò tutti i miei beni terreni.

...

I ragazzi mi hanno regalato un album di foto, un dono che stavano pianificando da settimane senza che io sospettassi nulla. Sono stati davvero bravi, devo ammetterlo. La maggior parte dei nostri momenti migliori è ritratta con cura: foto scattate da loro, a volte con il mio consenso e a volte a mia insaputa.

Ci sono quelle serate in cui avevamo scatenato una piccola rivoluzione nella residenza, segnalando alla receptionist che ci mandava a letto alle undici solo per guardare la sua serie TV, o quella notte in cui bevemmo così tanto che dimenticai di essere arrivato con un amico che l'indomani doveva ripartire per il suo paese. Ci sono le immagini della volta in cui ciascuno di noi scelse una canzone da cantare, e io avevo optato per un pezzo di cuarteto cordobés; la mia visita a Napoli, le giornate indimenticabili a Taranto, la prima 'nduja assaggiata in Calabria.

Ogni scatto racchiude abbracci incerti, baci intensi, serate senza luna e giornate senza sole. Le sfogliatelle, le pizze della mensa, il piccolo giardino dietro dove una volta mi addormentai al sole e finii scottato.

Ogni foto è accompagnata da una dedica, una breve storia, una firma. D'ora in avanti, se mi chiederanno cosa sia per me l'Italia, risponderò che per me l'Italia sono loro. Sono stati loro a farmela vivere, a darmi un contatto diretto con questa terra. Sono loro che hanno dato forma e profumo alle storie che immaginavo venissero da lontano, dalla nebbia del passato, e hanno incarnato le voci dei personaggi di Calvino, quelli che leggevo sulla poltrona di mia nonna. Hanno dimostrato che quell'antica voce italiana può rinascere e restare fedele alla sua musicalità originaria, senza perdere un solo accento.

...

Prendo il pullman per Fiumicino dopo avervi salutato sulla strada. La bestia meccanica si allontana e voi diventate burattini nelle lontananze. La stazione sembra un giocattolo mentre mi perdo nell'autostrada.

Apro l'album e vedo la costellazione di ricordi che abbiamo costruito. Il documento è prezioso e disuguale, nasconde pianti, rimpianti, sogni e bisogni. Direi che è uno zibaldone.

...

Sono già al lavoro. L'ufficio è grigio, e sei mesi non sono che un fiato di Dio. Fuori piove, la mia città è la patria della pioggia. Ogni tanto un'ombra passa come se fosse un vagabondo per il corridoio. Il telefono squilla, mi devo occupare di alcuni documenti entro la fine della giornata.

Anche se devo sistemare mille cose del lavoro, pro il libro di Leo, Il Signor Chissà. Una dedica di raffinatissimo affetto inaugura l'opera. Una notifica illumina lo schermo del telefonino; fra poco devo entrare in una riunione.

Preparo le lezioni del pomeriggio, oggi dobbiamo parlare di poesia. Torno un attimo alla dedica di Leo, e noto che ha chiuso il messaggio con il famoso *Chi vuol esser lieto sia, di doman non c'è certezza.*

E se lasciassi tutto?

Pedro Becchi

Scendere giù

Dall'aria l'Argentina appare come immensa, enorme, quasi incommensurabile. Non esiste alcuna linea divisoria fra terra e acqua. L'estuario si apre in tutte le direzioni. La gigantopoli sudamericana è un insieme di strutture corrotte, edificate dai fuggiti del mondo. Un miracolo del pianeta, un'eccezione rispetto alle leggi generali del funzionamento delle cose.

Il paese è antinomico rispetto a Ezeiza, che sorprende i turisti. Risulta evidente la mancanza di titanismo dell'aeroporto. Nessuno direbbe che è la porta dell'ottavo paese più grande al mondo.

Nessuna città condensa talmente bene l'incontro dei mondi. In questo caffè Borges scrisse l'Aleph, qui riposano i resti mortali di Juan de Garay, uomo brutalmente ucciso dagli *indios*, questo sasso buttò iracundo Viggo Mortensen quando seppe della discesa della sua squadra in seconda divisione. *Lasciate ogne speranza, voi che entrate*, è l'unica frase che potrebbe condensare l'accaduto dentro le mura del centro di detenzione clandestina della Scuola Superiore Meccanica dell'Armata.

Ora che sono grande, direi che l'Argentina è dieci volte più grande rispetto a quando ero bambino. L'Argentina è il Milione, una terra di campioni e sofferenze, di incontri e disincontri. Noi abbiamo chiuso la rivalità nord-sud: nei ristoranti di Buenos Aires si mangia la cotoletta *milanese alla napoletana*. Maradona è l'unico eroe epico che vale la pena raccontare, nato all'ombra del mondo, là sotto dove il fango si ribella. Tra mille anni, gli storici faranno scavi nelle terre dell'odierno paese e crederanno che Maradona è una religione: avranno ragione a tutti gli effetti.

Si può guidare infinitamente e non vedere niente: la Pampa è un concetto prima di essere un posto. Le mucche sono degli altri, le pene sono nostre. La pianura stupirebbe anche gli antichi cosacchi zaporoghi; dopo cinque ore di macchina abbiamo trovato soltanto qualche autogrill dove fermarci un attimo a mangiare un panino. Spesso i turisti sottostimano la grandezza della fine del mondo; credono che si possa percorrere l'asse La Quiaca-Ushuaia in un giorno. Ignorano che l'una è alle porte del tropico e l'altra alle porte dei ghiacci eterni dell'Antartide.

Dalla terra l'Argentina è piccola e finita. Ode di mondo, sa di straniero. Mentre cammino per le strade di Buenos Aires, mi assalta il pensiero; guarda quel signore lì, tranquillamente potrebbe essere russo, quella là si chiama Jocelyn ed è venuta per fare l'università in Argentina, quel giovane è sicuramente arabo ed è arrivato dalla Siria, e quindi, per fortuna, bevono il mate anche nel suo paese; quel signore che attraversa l'angolo è probabilmente uno degli ultimi italiani rimasto in piedi. Le facce non si ripetono mai; ogni persona è un mondo. Prima di aprire la bocca sono figli dei quattro angoli del mondo; quando la aprono si capisce che il modello argentino trionfa su tutte le identità. Lo sguardo, la corporeità, la disposizione dell'energia vitale; è impossibile determinare se queste persone sono venute al mondo nella sponda atlantica del sud o sono figli dell'altrove.

La preoccupazione estrema nei confronti degli altri è il primo cittadino. Peccato che, per motivi a noi strani, ha perso le elezioni del Comune. Ancora così, in tutti gli angoli bui della città, all'uscita della stazione dei treni, tra le panchine delle piazze e nel lontano nord si ascolta all'unisono una domanda: Stai bene?

Gli argentini sbalordiscono; vogliono sapere tutto su di te. Come i bambini, non hanno perso ancora la possibilità di sbalordire. Quanto gli sarebbe piaciuto a Marino venire a fare una stagione al teatro Colon di Buenos Aires! Sarebbe diventato milionario in brevissimo tempo. Abbiamo visto tutto: guerre, genocidi, terremoti, premi Nobel, trofei di tutti i tipi. E ancora così, o forse grazie a quello, quando un figlio nostro vince il torneo sudamericano di scacchi, usciamo tutti insieme a riempire le strade dell'immensa Madonna di Bonaria.

Le dicerie che possano essere proferite da un qualsiasi uomo del mondo nei confronti del patrimonio argentino è tutto; amiamo chi gioca con noi, odiamo chi ci critica. I primi diventano cittadini onorari, i secondi non esistono. Facciamo finta di non ascoltarli, ma nel fondo siamo feriti. Gli occupanti delle tombe di Recoleta ci hanno regalato una forma di vivere e intendere il mondo, ma non siamo soddisfatti. Vogliamo ascoltare ancora nuove forme di vivere e di essere. L'eccezionale vuoto materiale fa pensare ad un futuro glorioso, e ancora così siamo particolarmente nostalgici: Borges scrisse una volta *Cos'è quella luce che si spegne, un impero o una lucciola?* Tutti i nostri avi pensavano al futuro, nessuno di loro ha visto nel passato altroché un punto di partenza.

Appunto, guardate ciò che fanno i nostri bambini; io sono un semplice operaio metallurgico e mio figlio è dottore. Ora, invece, i figli dei dottori partono per farsi l'America in altri paesi. Non abbiamo che il nostro dolore; le pene sono nostre, le mucche sono altrui. L'obbrobrio è stato causato dagli uomini con cognome di nome di strada. La letteratura dei grandi ha come primo mobile i nostri difetti; l'esistenza dei Nobel argentini nasconde storie di profonda mediocrità. L'esistenza di Atucha II è condizione *sine qua non* per l'esistenza di Robledo Puch.

Nonostante ciò, gli argentini spesso lasciano le differenze campanili da parte per amare un unico paese. La città, la contrada, la strada, il palazzo e l'appartamento rappresentano veramente poco. Per questo diventano particolarmente forti lontani dalla patria. Dante fu solo capace di scrivere la Commedia una volta allontanato da Firenze.

Se si sa ascoltare dietro le chiacchiere dei nonni tedeschi e i rumori delle signore cinesi venute qualche anno fa, una voce possibile prende forma attraverso tutti. Gli argentini lo sanno, sono consapevoli. In mancanza di quell'originario vocio che trema, trama e vuole diventare vero, diventano portavoci e ambasciatori della fine del mondo.

Con la semplice conoscenza di questa ipotetica informazione siamo in grado di capire l'opera titanica e prometeica dell'alluvione zoologica di stranieri che arrivò al paese a cavallo fra il diciotto e il diciannove, rinunciando volontariamente alla propria identità per fondersi nel possibile essere argentino.

In questo paese andai d'inverno, ma non arrivai mai. Era agosto, le luci del sud ogni tanto ballavano sul cielo triste dell'angolo nascosto del pianeta. Mi risulta che mai arrivai perché colui che scese dall'aereo all'aeroporto internazionale non era più la persona che vide l'Italia picciola dal cielo qualche mese prima; non seppi arrivare. Non so tornare, non so che devo fare per sentirmi ancora una volta nelle mie strade del sud.

Dalla gigantopoli del sud, quaggiù dove i leoni marini d'inverno indossano le sciarpette, penso alle pagine che qualche giorno dovrei scrivere e a preservare le foto, che non dovrebbero mai diventare gialle.

Los días pasan, la vida continua, las calles miran inmóviles el surgir de nuestras arrugas. El mar del sur que baña nuestra infinita tundra, la llanura, el cielo violeta del invierno austral. Todo el cuadro de Dios descansa mientras caminamos. Yo busco su mano con mi mano, ella me mira. Me lo pregunta, pero sabe ya la respuesta. Te pido mil disculpas, mi vida, no sé como volver.

…

Miguel Hernandez è stato costretto a costruire il suo presidio. Con mattoni di fango, con lacrime. Mi chiedo se avrò lo stesso destino.

Finale
Oda alla Lunfardia

Il rumore dei barchi risuona
ancora nei porti antichi
abbandonati all'ultimo posto
dove arriva il sole, e suona
l'arcipelago di cantichi
che sembrarono il suol disposto.

Che tristezza avevi,
Troilo, sei la città di notte.
Piazzolla, tu sei il giorno
e tra le note dei coevi
e i cantari della mezzanotte
facesti più caro il mio soggiorno.

Magari Borges aveva ragione,
e nel seminterrato di Viterbo,
e nelle tombe di Chacarita
si nasconde ogni cagione
ogni uomo, ogni verbo,
ogni voce che è sparita.

Le strade ti cantano ancora,
figlio nostro, Gardelito,
si montano tende e case
aspettando il tuo nuovo ora,

respirando di nuovo il mito,
liberando le ville rase

Lunfardi, figli del fango,
delle pene e delle vacche,
delle rughe e del sudore.
Padre eterno del tango,
voce triste e persa delle baracche,
bastione lugubre dell'amore.

Tornerete in patria, tornerete.
I genovesi stanno aspettando,
Napoli muore senza di voi.
Al vostro rientro lo vedrete,
le città nostre che vedeste tramontando,
albeggiano altrove senza di noi.

Lunfardi che lasciaste le chiese,
i fili vi aspettano in cucina.
Sveglierete del sogno profondo,
andrete ove sono le luci accese
e capirete quella mattina
che il paese non è che mondo.

Made in the USA
Columbia, SC
07 March 2025